JN066505

ぴぴぃ！
あれ全部ピイの仲間か？
みんなで何してるんだ？
すごいな……。
スライムが
こんなにたくさん。

ぴぃ！
ぴぃ！
ぴぴぃ！
屋根の上ではたくさんのスライムが
元気に飛んだり跳ねたりしていた。

朝か…。
みんな、おはよう。
ん？ ヒッポリアス、
小さくなれたのか？
朝、テオが目覚めると、目の前に
可愛いヒッポリアスの顔があった。

きゅお〜

ソレはキレイにカワムク。
ソッチはテイネイにキル。
新しく仲間になったイジェの腕で
毎日のごはんがグレードアップ!!

うん、わかた！
イジェ
子魔狼たちとともに
魔熊モドキに
捕らわれていた少女。

CONTENTS

Hennaryu to moto yuusha party zatsuyougakari
shintairiku de nonbiri slowlife

変な竜と元勇者パーティー雑用係、新大陸でのんびりスローライフ2
えぞぎんぎつね
ill.三登いつき

1 子魔狼の食事

Hennaryu to moto yuusha party zatsuyougakari shintairiku de nonbiri slowlife

毒赤苺（ポイズンレッドベリー）の解毒薬（げどくやく）を病人に飲ませたあとも俺（おれ）は病舎に残っていた。

解毒薬がちゃんと効（き）いているか確かめるためだ。

病人たちが薬を飲んでから、しばらく経（た）って治療の指揮を執（と）っていた司祭兼治癒術師がやってくる。

「だいぶ症状も治まりましたね。特に発熱はかなりましになっています」

解毒薬を飲んだ病人、つまりヴィクトルたち七名の熱は無事（ぶじ）下がったようだ。

だが、まだ嘔吐（おうと）と下痢（げり）は続いている。

食中毒の場合、嘔吐と下痢は無理に止めない方がいい。

「解毒はきちんとできたと判断していいかもな」

俺がそう言うと、司祭兼治癒術師が頷（うなず）いた。

「解毒さえ済めば、後は水分補給をしっかりすれば大丈夫（だいじょうぶ）でしょう」

ヴィクトルや冒険者、地質学者も安（やす）らかな顔になっている。

ベッドに寝たまま、地質学者がこちらを見た。

「トイレが近い以外はだいぶ楽になったよ。テオさん、ありがとう」

「楽になったのならよかった」

他の冒険者からもお礼を言われる。

しばらくして、病人たちはウトウトし始めた。

昨日の真夜中から、発熱、嘔吐、下痢などで眠れなかったのだろう。

一連の毒赤苺事件は、峠は越えたようだ。

俺は安心して司祭兼治癒術師に任せて、病舎を出る。

病舎の外ではヒッポリアスが待っていてくれた。

ヒッポリアスの体は少し濡れている。ダニを落とすため水浴びしてきたのだろう。

俺はヒッポリアスの体を布で拭く。

『ありがと。みんな、だいじょうぶ？』

「ああ、薬はきちんと効いたみたいだよ」

「きゅる～」

安心したのか、ヒッポリアスは体を俺に押しつけてきた。尻尾もゆっくりと揺れている。

だから俺は布で拭き終わった後、ヒッポリアスを手で優しく撫でた。

「ヒッポリアス、子魔狼たちはどこにいるかな？」

『けりーとおふろにはいって、いまはごはん！』

「フィオとシロも？」

『そう！』

ノミとダニ落としのためにケリーが子魔狼たちを風呂に入れてくれたのだ。

それが終われば、当然ご飯である。

俺は太陽の位置を確認する。時刻は昼前といったところだ。

そういえば、俺もお腹が空いている。

「ヒッポリアスはご飯食べにいかなかったのか？」

『ておどーるまってた』

「それは……ありがとう。お腹空いただろう？」

『すいた！』


そして俺はかまどのあるところへ向かう。

そこには冒険者たちによって、食事が準備されていた。

だが、フィオたちはいない。

どうやら、子魔狼を落ち着かせて食べさせるためにヒッポリアスの家に行ったようだ。

俺も自分とヒッポリアスの分の食事をもらって、ヒッポリアスの家へと向かう。

ヒッポリアスの家に入ると、フィオ、シロ、子魔狼たちにケリーがいた。

何か作業をしていたフィオが手を止めてパタパタと駆けてくる。

「わふ！　びくとぅどうだた？」

「ヴィクトルたちは大丈夫そうだよ」

「よかた」

「子魔狼たちは？」

「げんき！」

子魔狼たちはまだ食事を始めていなかった。

ケリーとフィオが食事の準備中だったのだ。

ゆでた肉を細かく切ったあと、すり鉢ですりつぶしている。

「手伝おう」

「わふ！」

「テオ助かる。まだ幼いゆえな。食べやすくした方がいいだろう」

「そうだな」

「それに、これまでの食生活もよくなかっただろうからな」

なるべく消化にいいものをと考えて、すりつぶしているとのことだった。

作業に戻ったフィオと、ケリーと一緒に、俺は餌づくりを手伝う。

すり鉢を扱えないシロは子魔狼たちを舐めまくっている。

「きゅーんきゅーん」

子魔狼たちは甘えるような声を出していた。

それを見て、ヒッポリアスも子魔狼に近寄る。少し子魔狼たちは身構えた。

子魔狼たちは、フィオに抱かれてヒッポリアスの背に乗ったりはしている。

だが今はフィオに抱かれていない。だから不安になるのも当然だ。

それにヒッポリアスは大きいので警戒するのも仕方がない。

警戒する子魔狼たちに、シロが「わふぅわふ」と軽く鳴いた。

シロは「大丈夫だよ」と教えているのだ。

すぐに子魔狼たちは大人しくなった。

「きゅおー」

ヒッポリアスはそんな子魔狼たちの匂(にお)いを嗅(か)いで、優しく舐めまくる。

すると、子魔狼たちもヒッポリアスのことを舐めたりし始めた。

子魔狼たちは随分と人懐(ひとなつ)こい。

子魔狼たちは魔熊モドキにいじめられていたというのに、あまり臆病(おくびょう)になっていなさそうだ。


子魔狼たちとヒッポリアス、シロの様子を観察しながら作業を進めていると、

「よし、このぐらいでいいだろう」

ケリーがそう判断したので、すりつぶした餌を平皿にまとめて入れる。

「わふぅ！　ごはん！」「わふ」

フィオとシロに呼びかけられて、子魔狼たちは一生懸命(けんめい)トテトテ歩いてきた。

そして、がふがふと食べ始める。

「ゆっくり食べなさい」

「くーおくーん」『くーう」

子魔狼たちは、鳴きながら食べている。

テイムスキルを発動させて鳴き声の意味を読み取ると「おいしいおいしい」と言っていた。

「お腹空いていたんだな……。いっぱい食べるといい」

子魔狼たちは痩せていた。

魔熊モドキは満足な食事を与えていなかったのだろう。

俺は食事中の子魔狼たちの背中を撫でた。

風呂に入った子魔狼たちはシロと同じく美しい銀色の毛並みをしている。

手触りもいい。

「子魔狼たち、綺麗になったな」

「きれい！」

フィオは自慢げに尻尾を振っている。弟妹が褒められて、嬉しいのだろう。

2 子魔狼たちの治療

Hennaryu to moto yuusha party zatsuyougakari shintairiku de nonbiri slowlife

俺は子魔狼たちを撫でながら、ケリーに向かって頭を下げた。

「ケリー、ありがとう。世話になった」

ケリーは優しい目をして、食事をしている子魔狼をじっと見つめている。

「気にしないでくれ。貴重な観察ができたよ」

「それならよかった。子魔狼たちを観察した結果はどうだった？」

ケリーは細かく観察した結果を教えてくれる。

年齢の割に痩せている。

その上小さな怪我を沢山負っている。だが幸いなことに大きな怪我はないそうだ。

そして何かの病気にかかっているわけでもないとのこと。

「怪我をしているのか。みんなで採ってきた薬草で傷薬を作るか」

「それがいいかもしれないな」

小さい傷とはいえ、子魔狼の体も小さいのだ。

それに痩せているということは栄養も不足しているということ。

小さな傷が大事になることもありうる。

そうなったら大変だ。


俺は改めて、ご飯をがふがふ食べている子魔狼たちを観察する。

食事を邪魔（じゃま）しないよう気をつけながら、全身を触（さわ）り怪我などを調べた。

「確かに大きな怪我はないな」

「ああ。打撲とか切り傷とかそういうものだな」

魔熊モドキに殴られたりしてできた怪我だろう。


俺は子魔狼たちから少し離れると、魔法の鞄（マジックバッグ）から薬草を取り出す。

「基本的な傷薬でいいかな」

基本的な傷薬の類（たぐい）はこれまで数えきれないぐらい製作してきた。

勇者パーティーにいたころは、一日に何十回と作ったこともあるぐらいだ。

だから手慣れたものである。

あっという間に完成させることができた。

今後も何かと使うだろうから、余分に作っておく。

余った分は瓶（びん）に入れて魔法の鞄で保存する。

その作業が全部終わったころには、子魔狼たちはご飯を食べ終わっていた。

「よし、子魔狼たち。お薬の時間だよ」

そう言って俺が傷薬の瓶を開けると、

「くーんくーん」

不安そうに鳴きながら子魔狼たちは逃げようとして、フィオとシロに捕まった。

「大丈夫、痛くはないからね。少し臭いかもだが……」

人にとっても、この傷薬は多少臭い。

鼻のいい魔狼にとってはかなりのきつさなのだろう。

少しだけかわいそうになるが、治療に必要なことである。

「フィオ、シロ、そのまま捕まえておいてくれ」

「わかた！」『わふ！』

フィオとシロは力強い返事をして、しっかりと弟妹たちを押さえている。

そして俺は傷薬を子魔狼一頭ずつの怪我に塗っていった。

塗り終わると、俺は子魔狼たちへ諭すように言う。

「これで怪我の治りは早くなるよ。それと傷薬を舐めたらだめだからね」

「あふ！」

子魔狼は「こんな臭いの舐めるわけない」と言っている。

「うん。それでいい。味もおいしくはないからな」

そして、俺は子魔狼たちをわしわしと撫でる。

子魔狼たちは嫌がることもなく大人しくしていた。

「シロ、フィオ、子魔狼の体中に傷薬を塗ってあるから舐めたらダメだよ」

「わかた！」「わふ！」

「シロは臭いでわかるか。塗ってないところは舐めても大丈夫だ」

「わふぅ！」

子魔狼の治療が終わったら、次はケリーと相談である。

「ケリー。子魔狼たちへのご飯はどのくらいの頻度で与えればいいんだ？」

「子狼だからな。少なくとも一日三回ぐらいは食事を与えた方がいいだろう」

普通の成犬の場合、ご飯の頻度は一日二回程度だ。

だが狼の場合は一日一回程度が適切だ。

その上、適度に餌抜きの日も挟んだ方がいいらしい。

野生の狼は毎日餌が獲れるとは限らないから、その方が自然なのだろう。

魔狼の場合は、もっと柔軟性がある。

一日五回食べてもいいし、三日何も食べなくても支障はない。

従魔になった魔狼なら、魔力供給だけで数か月は元気に過ごせる。

だが、子魔狼たちは、子供だし今は痩せている。


「ケリー。朝昼晩に間食も適度に挟むぐらいでいいか？」

「うむ。それでいいが一回の量は少なめにした方がいいだろうな」

子魔狼たちについての相談が終わると、魔熊モドキについての報告だ。

俺は細かなスケッチを描き、鑑定スキルでわかったことを細かく伝える。

子魔狼のトラウマを刺激しないように、会話を聞かれないように配慮した。

ケリーはものすごい勢いで俺の言った言葉をすべて書き留めていく。

魔熊モドキの情報はケリーの興味を引いたようだった。

「新大陸は、もしかしたら生態系が違うのかもしれないな」

しみじみとそんなことを言う。

「では私は戻るよ。情報を整理したいし、ヴィクトルたちの様子も気になるしな」

「ありがとう。助かった」

「なに、礼には及（およ）ばないさ」


それからケリーは子魔狼たちとシロを撫でくり回してから去っていった。

子魔狼たちは、楽しそうに姉のフィオとシロにじゃれついている。

「本当に子狼は可愛いな」

「かわいい！」

弟妹を褒めると、フィオは嬉しそうにする。

フィオの尻尾はビュンビュンと揺れていた。

「シロも可愛いぞ」

「かわいい！」

「わふぅ」

シロも照れているようだった。

「フィオもヒッポリアスも可愛いぞ」

「かわいい……」「きゅお～」

フィオも照れたようだ。

ヒッポリアスは素直に嬉しそうに尻尾を振っている。

そんなことをしていると、遊んでいた子魔狼たちは眠り始めた。

3 子魔狼のお昼寝

俺(おれ)は突然眠った子魔狼(こまろう)たちを見て内心慌てた。

異常がないか一応調べておく。

単に眠っているだけのようだ。

「……本当にぱたりと眠るんだな」

まるで魔力切れを起こしたゴーレムのようだ。

俺はフィオとシロにあげた毛布(もうふ)の上に子魔狼たちを乗せた。

すぐにフィオとシロが子魔狼たちを温(あたた)めるように寄(よ)り添(そ)う。

子魔狼のことは基本的に姉たちに任せておけばいいだろう。

俺はヒッポリアスと一緒に自分たちの毛布に横たわる。

これまではフィオたちから離れた場所に毛布を敷いていた。

だが、子魔狼のことも心配だし、今回はフィオの毛布の隣に敷いた。

「……今日は疲れたな」

朝からトイレと病舎を作り、薬草を採集し、魔熊モドキを倒したのだ。

疲れても仕方ない。

「きゅお～～」

さすがのヒッポリアスも疲れているようだ。

魔熊モドキとの戦いで魔法を沢山使ったからかもしれない。

「そうだ。ヒッポリアス、魔力をあげよう」

『だいじょうぶ？』

「ああ、体力的にはしんどいが、魔力的にはまだ余裕がある」

『すごい！』

俺はヒッポリアスに魔力を分け与えた。

ヒッポリアスは幸せそうにほんわかしている。

『……ておどーる』

「どした？」

『なまえつけないの？』

「子魔狼たちにか？」

『そ』

「まあ、落ち着いてからだな、フィオとシロと相談しないといけないし」

『そっかー』

ヒッポリアスがこのタイミングで名付けについて語る意味もわかる。

テイマーが魔獣に名前を付けるということは、従魔化とほぼ同義だ。

ヒッポリアスは「子魔狼たちに俺の魔力を分けてあげたら？」と言いたいのだろう。

「フィオと俺のどちらがテイムすべきかという問題もあるし」

「きゅお～」

そんなことを話しながら、俺はヒッポリアスを撫でまくる。

すると、ヒッポリアスも「きゅーきゅー」と寝息を立て始めた。

子供たちはお昼寝の時間だ。みんなもっと眠って休んだ方がいい。

俺はというと、しばらく横になったので、だいぶ疲れが取れた。


「……さてと」

俺はいい歳の大人なので、仕事をすることにする。

ヒッポリアスの家を静かに出ると、冒険者たちの作業を手伝った。

ヴィクトルが食中毒で倒れているので、拠点内の作業が主だ。

夕食の準備や、装備品の点検、傷んだ装備の修復なども大切だ。

集めてきた原木を薪に加工する作業も忘れてはいけない。

そんな作業は、俺の製作スキル、鑑定スキルがあると非常にはかどるのだ。

みんなの作業を手伝っていると、気候学者がやってくる。

「テオさん。もしお手すきでしたら観測機器を設置したいので手伝ってくれませんか？」

「もちろん、手伝おう。何か作ればいいのか？」

「はい、これを……」

気候学者はすでに設計図を準備してくれていた。

「これは百葉箱というのですが……」

「ほほう」

「この箱の中に観測機器を入れるのです」

それは木製の小さな箱だ。

屋根はしっかりしていて、壁は日光と雨は通さないが風は通すようになっている。

「色は白で、場所はこの辺り、高さはこのぐらいに設置したいと考えています」

「なるほどなるほど」

設計図があると、イメージしやすく作りやすい。

「結構、複雑ですが、大丈夫ですか？」

「もちろんだ。複雑といっても素材は一種類だしな。このぐらいならすぐ作れるよ」

「本当ですか？　助かります！」

俺は原木を厳選する。

よい素材を選び出し、イメージを固めて一気に作る。

それから、航海中に食べた貝の殻を加工して白く染めた。

「これでどうだろうか」

「素晴らしいです、ありがとうございます！」

その後気候学者はその箱の中に観測機器を設置する。

「新大陸の各地に設置して回りたいのですが……。落ち着いてからですね」

「そうだな。ヴィクトルも臥せっているしな」

「はい。この近くでも色々とデータは取れますから」

気候学者は真面目で、前向きなようだ。


ついでに俺は気候学者にこの地の気候について尋ねた。

すると、気候学者は、まだはっきりとは言えないと前置きしてから答えてくれる。

「そうですね。夏は過ごしやすいですが……冬は厳しくなりそうです」

「どうしてそう思う？」

「真夏である今の気温や、遠くに見える山の標高と万年雪の位置などからでしょうか」

「なるほど」

高い山ならば暖かい地域でも雪はとけない。

寒い地域ほど、標高の低いところまで雪が残る。

そこから判断したようだ。

「それにしても、あんな遠くの山の標高などよく調べられたな」

「三角測量っていう技法です。あくまでも概算ですけどね」

詳しく聞いてみると、地質学者と協力して標高を計算したらしい。

山頂と現在地の角度を測り、そこから山頂に向けて直線移動して再び測る。

そんなことを行ったらしい。

俺が宿舎を建てたりしている間に、学者たちも忙しく働いていたのだ。

「あとはシロの毛皮が厚かったので。冬はきっと寒くなると思いました」

「ああ。確かにな。夏毛のはずだが、もふもふだもんな」

「はい」


冬が厳しくなるのは確実として、どのくらい寒くなるのか。

それが重要である。

「ところで、俺たちのいた王都よりどのくらい寒くなるだろうか」

俺もヴィクトルも、学者たちも基本的に皆王都在住だった。

冒険者たちの元の活動場所はバラバラだ。それでも王都を拠点にしていた者が一番多い。

「王都よりは確実に。こちらは雪が連日降るかもしれません」

「それは大変だな」

本当に冬は厳しいものになりそうだ。

今から冬の備えを進めなければなるまい。

「王都の冬も寒かったが……。こっちは、そんなものでは済まなさそうだな」

王都は年に数回雪が降る程度だった。

そして、水を屋外に出しておいて、凍る日も数日だけだ。

だが、こちらでは冬の間は水がすぐ凍る日がほとんどである可能性が高いという。

「……それはいいことを聞いた」

「いいことですか？」

「いや、いいことではないな。今聞いておいてよかったという意味だ」

気候学者はまだ疑問に思っているようなので、詳しく説明する。

「上水や下水の管を拠点中に張り巡らせただろう？」

「あっ」

一言言っただけで、もう気候学者は気がついたようだ。

さすがは学者先生である。

「上水や下水の管が凍って破裂しないようにするための対策が必要だと思ってな」

「確かにそれは大切ですね」

水抜きの機構も用意した方がいいかもしれない。

いや、それよりも管自体を冷えさせない機構を作るべきかもしれない。

ヴィクトルが提供してくれた熱湯を作る魔道具を利用すれば可能だろう。

水抜きと冷えさせないようにする凍結防止の機構の両方準備したら万全だ。


「……どちらにしても、金属が欲しいな」

だが、今朝の病舎建築とトイレ製作で金属は使い切ってしまった。

近いうちに金属採集を行わなければならないだろう。

俺が水道管と下水管の凍結対策について考えていると、気候学者は言う。

「冬が厳しいということは、食料も不足しがちになりそうです」

気候学者は食料の方が心配なようだ。

確かに水道管が破裂しても調査団は全滅しないが、食料が尽きれば全滅する。

「食料の貯蔵などもしっかりしないといけないな」

「そうですね。ですが、冬でも海の漁は可能だと思います。いざとなれば……」

「冬の漁はきつそうだな」

「きついでしょうね。最後の手段です」


やはり食料の採集も進めるべきだろう。

幸いにして、この付近には食べられる植物が多かった。

魔法の鞄に詰めまくれば、かなり持つだろう。

向こうの港を出発する際、魔法の鞄には飲み水を大量に詰めた。

長い航海を乗り切るためだ。

それに金属などの資材も沢山詰め込んだ。

今は魔法の鞄に詰め込んだ色々な物資はすでに取り出してある。

つまり食料を詰め込む余裕は、充分とは言えないがあるのだ。


そんな相談をしながら作業をしていると、夕ご飯の時間になる。

俺は病人食を病舎へと運んだ。

ついでにケリーにヴィクトルたちの病状を聞いてみた。

「ああ、想定していた以上に回復が早い。特にヴィクトルはな」

ケリーは感心しているようだ。

ヴィクトルは王都ではギルドマスターとして事務仕事をしていた。

だが、昔は超一流の冒険者だったし、ギルドマスターになってからも体を鍛えていた。

「それにしても他の冒険者よりも回復が早いとはな」

「鍛え方が違いますから」

ヴィクトルは安らかな笑顔だ。

この分なら大丈夫だろう。

「ああ、逆に他の冒険者は鍛え直した方がいい」

ケリーはそんなことを言う。

「ケリー、無茶を言わないでくれよ」

「そうそう。俺たちだって結構回復早い方だろうよ」

「ヴィクトルの旦那が異常なんだ」

冒険者が笑いながら、ケリーに軽口を叩いている。

冒険者たちも軽口を叩けるぐらい回復したということだ。

「元気になったと思っても、しばらくは胃腸に優しいものを食べて、安静にですよ」

司祭兼治癒術師が冒険者たちを諭していた。

その一方で地質学者はまだしんどそうだった。

「面目ない」

「いやいや、ヴィクトルたちが異常に回復が早いだけだ。気にすることじゃない」

俺がそう言うと、地質学者は力なく笑う。

「これでもテオさんの薬で相当楽になりましたよ」

「それならよかった」

俺たちがそんなことを話している間に、ヴィクトルたちは食事を始めている。

軟らかく煮た肉の入ったスープである。

だが、肉ばかりでは栄養が偏(かたよ)る。

「明日にでも消化にいい野草でも採ってこよう」

「ありがたいですが、テオさんもお忙しいでしょうし……」

ヴィクトルが気遣ってくれる。

自分も病気で大変だというのに、ヴィクトルはなかなかできた人物だ。

「金属を採掘しないと、製作も進まないからな。どちらにしろ拠点から外に行くんだ」

「金属採掘のついでに野草も採集を？　大変なのでは？」

金属の採掘には鑑定と製作スキルが必要で、野草の採集には鑑定スキルが必須である。

そしてスキルを使うには魔力を使う。

そのことを考えて、ヴィクトルは心配してくれているのだろう。

「大丈夫、無理はしないさ」


ヴィクトルたちと会話した後、俺は病舎を出る。

そして、子魔狼(こまろう)やフィオたちの食事を持って、ヒッポリアスの家へと戻った。

皆と一緒に食べないのは、保護されて間もない子魔狼たちのことを考えてだ。

まだ、子魔狼は環境に慣れてない。沢山の人に囲まれたら怖いかもしれない。
そう考えて、ヒッポリアスの家で食事をとることにしたのだ。
家に戻ると、まだみんな眠っていた。よほど疲れていたのだろう。
だが、俺の運んできた食事の匂いで、フィオもシロも子魔狼たちも次々と起き始めた。

5 子魔狼の夜ご飯とトイレ

「きゅーんきゅーん」「きゅーん」

子魔狼たちはもぞもぞと起きると、トテトテとこっちに歩いてきた。

とても可愛らしい。

鳴き声をテイムスキルで解読すると、「お腹空いた」と言っている。

フィオとシロは起きると、その場で伸びをする。

その後、子魔狼たちの後ろから優しい目をして静かに見守っていた。

「子魔狼たち、お腹が空いてたんだな。待たせてすまない」

「きゅーん」

保護したときに比べて、だいぶ俺に懐いてくれている。

俺の足元までやってきて、甘えるように鳴いた。

「子魔狼たち、ちょっと待ってなさい」

「きゅきゅーきゅーん」「くーん」

子魔狼たちは「はやくはやく」と鳴いている。

余程、お腹が空いているようだ。尻尾を元気に振っている。

子魔狼たちの食事は軟らかく煮て、細かくすりつぶして冷ましたお肉だ。

それを平皿に入れたものを、子魔狼たちの前に置く。

「はい、食べなさい」

一斉に子魔狼たちはご飯を食べ始める。

子魔狼たちは「うまいうまい」と鳴きながら食べていく。

「うーん、しばらくは食事の回数を増やした方がいいかもしれないな」

子魔狼たちのがっつきぶりを見ると、そんなことを思う。

「フィオ、シロ、それにヒッポリアスもご飯を食べよう」

「わふぅ！」

フィオたちの分の食事も取り出して、手渡した。


「ヒッポリアスは……」

「きゅ〜〜お〜〜」

ヒッポリアスは相変わらず、仰向けのまま眠っている。

「むむ。まだ眠っているのか……。魔法を使ったせいで疲れたのかもしれないな」

「きゅ〜」

ヒッポリアスを寝かせたままにして、俺たちだけご飯を食べるのはかわいそうだ。

きっと真夜中にお腹を空かせて目を覚ますに違いない。

「ヒッポリアス、ご飯だよ」

そう言って、お腹の横辺りを撫でる。

「……きゅお？」

「やっと起きたか。ご飯を食べよう。お腹空いてないか？」

『すいた！』

俺は起きたヒッポリアスの前にご飯を置く。

ヒッポリアスのご飯は大きな肉の塊だ。

準備が終わったので、俺もご飯を食べ始める。

すると、ヒッポリアスやフィオ、シロもご飯を食べ始めた。

「別に待たなくていいのに」

「わふ」

フィオたちにはフィオたちのこだわりがあるのだろう。

「ヒッポリアス。よく眠っていたけど、やっぱり疲れたみたいだな」

『だいじょうぶ！』

「無理はしなくていいよ。休むときは休んだ方がいい」

『つかれてない！』

ヒッポリアスはゆっくりと肉を食べている。

ヒッポリアスのご飯の肉は大きな塊ではあるが、体に比べたら小さいかもしれない。

食べる気になれば、一口で食べられるだろう。

だが、ヒッポリアスは大事そうに味わいながら食べていた。


「ヒッポリアス、量は足りるか？」

『だいじょうぶ！　まりょくたべた！』

「そういえば、寝る前に魔力を分け与えたな」

「きゅお」

ヒッポリアスの食事は味を楽しむためのものなのかもしれない。

「フィオたちも大丈夫か？　量は足りているか？」

「だいじょぶ！」『わふ」

フィオたちはおいしそうにがふがふと食べている。

みんなで和やかに夜ご飯を食べていると、子魔狼たちが先に食べ終わった。

子魔狼たちの前に水を入れた皿を置く。

すると、子魔狼たちは水も飲みまくる。

水を飲み終えると、食事中の俺にじゃれつきにきた。

俺は子魔狼たちを撫でながら尋ねる。

「子魔狼たち、まだお腹が空いているのか？」

「くーん」

どうやら、ご飯というより遊んでほしいようだ。

俺は急いで右手でご飯を食べながら左手で子魔狼たちを撫でくり回す。

「子魔狼たち、人慣れするの早いな」

「きゅーんきゅーん」

「そうか。子魔狼たちは人のフィオと、生まれてからずっと一緒にいたんだもんな」

人に慣れるのが早いのも納得である。


急いで食事を終えた俺は子魔狼たちの相手に専念する。

シロやフィオも食事を終えて、子魔狼たちを構いにくる。

ヒッポリアスは下顎（したあご）を床にぴったりつけて、子魔狼たちの匂（にお）いを嗅（か）いでいた。

シロが親代わりに、子魔狼たちのお尻（しり）などを舐めているとトイレをし始める。

「うん。ちゃんと出せて偉いな」

「きゅーん」

俺は雑巾（ぞうきん）を出して、きちんと床を綺麗（きれい）にした。

フィオも手伝ってくれる。

「子魔狼たちのトイレも作った方がいいかもな」

「といれ！」

「木の板に雑巾でも敷いておけばいいか」

それぐらいならすぐに作れる。

魔法の鞄に入れておいた材料を出して、製作スキルを使って子魔狼用のトイレを作った。

大きさは一メトル四方にした。

子魔狼たちでも簡単に乗り越えられるぐらい、少しだけふちを盛り上げておく。

その中に複数枚の雑巾を製作スキルで一枚にまとめたものを敷いた。


「子魔狼たち。トイレはこの中でするといいぞ」

「きゅーん？　きゅーん？」

子魔狼たちはトイレに興味を持ったようだ。

だが「なに？　これなに？」といった感じで用途はわかっていない。

「わふぅ」

「きゅーん」

シロが子魔狼たちに教えてくれている。

だが、果たしてわかっているのかわかっていないのか。

子魔狼たちは賢いので、気長に教えていけばいいだろう。

それから子魔狼たちとしばらく遊んだあと、俺たちは眠りについたのだった。

6 深夜の来訪者再び

Hennaryu to moto yuusha party zatsuyougakari shintairiku de nonbiri slowlife

真夜中。

——べちゃべちゃべちゃべちゃ

俺は顔を舐められて目を覚ます。

ヒッポリアスに舐められているのだと思ったらシロだった。

いつものようにヒッポリアスは気持ちよさそうに眠っている。

そして、フィオは子魔狼たちを抱きかかえるようにして眠っていた。


「シロ、どうした?」

「…………」

フィオと子魔狼たち、ヒッポリアスを起さないよう、シロは声を上げない。

だが、テイムスキルでシロの意思を読み取ると「誰かがいる」と伝えてきた。

「……ふむ」

俺は気づかなかった。今も気配を感じない。

よほど気配を消すのが、うまい来訪者のようだ。

（それにしても……。この拠点は、よく客がやってくるな）

昨夜は誰も来なかったが、一昨日はフィオとシロがやってきた。

さて、今夜は誰が来たのだろうか。

魔熊モドキの仲間がかたき討ちにきたのかと一瞬思った。

だが、もしそうならシロがそう教えてくれるだろう。

だから、来訪者が魔熊モドキというのはない。

（シロ、その来客のところに案内してくれ）

俺は声を出さずにテイムスキルを使って意思を伝える。

「…………」

シロは無言で歩き出す。

一緒にヒッポリアスの家を出ると、シロは静かに走りだした。

（……俺でもまだ気配を感じない。それに気づくとは、さすがはシロだな）

「…………」

シロは照れつつも、拠点の外へと走っていく。

（ん？　こっちって……）

下水槽のある方向だ。

何者かが下水を漁（あさ）りにきたとでもいうのだろうか。

（しかし、下水に吸い寄せられる動物って何だ？）

「………？」

シロにもわからないらしい。

下水におびき出される動物、もしくは魔獣って何だろう。

そんなことを考えながら下水槽に近づくと、

――ピチャピチャ

下水槽の中から水音がする。

（あっ、ふたを閉めるのを忘れてたな）

一昨日、下水槽を見にいったとき、フィオがヒッポリアスの尻尾（しっぽ）で遊んだ。

そして、フィオもヒッポリアスもはしゃぎすぎて、フィオが吹っ飛んだのだ。

驚異的な身体（しんたい）能力のおかげで、フィオは無傷だったが、かなり驚かされた。

そのせいで、うっかり下水槽のふたを閉めるのを忘れてしまっていたようだ。

「…………」

シロは「うっかりすることもあるよ」と慰めてくれた。

心優しい子魔狼である。

子魔狼たちに比べたら、だいぶお姉さんだが、シロもまた子魔狼なのだ。

俺はシロの頭を撫でてから、ゆっくりと下水槽へと近づく。

——ビチャッバチャッ

結構な激しさで下水槽の中で何かが動いているようだ。

きっと水棲生物に違いない。

そして、結構強い魔力を感じる。魔物のようだ。

(シロ。俺が話しかける。相手を怯えさせたくないから、静かにな)

「……」

シロは了承してくれた。子供なのにとても賢い狼である。

俺はシロの頭を撫でてから、謎の魔物にテイムスキルを発動させる。

「俺は敵ではない」

――ビチャ……


俺の声で、謎の魔物はやっと俺の存在に気づいたようだ。

下水槽の中で跳ねまくっていた魔物が動きを止める。

「俺には攻撃するつもりはない」

いつものように、何度も攻撃の意思がないことを伝える。

話し合いのテーブルにつかせるためだ。

返事はない。だが、魔獣はそれなりに知能は高いようだ。

こちらの言葉を理解してもらえていることが伝わってくる。

根気よく何度も話しかける。焦ってはいけない。

相手を怯えさせたら、話し合いが難しくなる。


「俺は話がしたいだけなんだ。攻撃はしないから安心してくれ」

「……ピギ」

やっと返事が返ってきた。

魔物の返事は「だれなの？」という言葉だった。

話し合いに応じてくれたということである。

まずはテイム第一段階成功と言っていいだろう。

「俺はテオドールという。この下水槽を作った者だ。そちらの名前は？」

「ぴぎ」

「そうか。ないのか」

名前がないということは、従魔化されていないということ。

場合によっては俺が従魔にすることも可能だ。


「こんなところで何をしていたんだ？」

「ぴぎぃ」

「……下水を食べてたのか。おいしいのか？」

「ぴぃ」

「そうか、おいしいのか」

蓼食う虫も好き好きという。

中には下水を食べる魔物もいるのだろう。

「姿を見せてくれないか？」

「ぴぎ？　ぴぃ」

「俺は絶対攻撃しない。横にいる子魔狼も攻撃しない。約束する。安心してくれ」

「ぴぃ」

俺の言葉を信用してくれたようだ。

魔物は下水槽のふたから、体の一部を覗かせた。

「……綺麗な色だな」

透明な青、いや青緑と言った方がいいだろうか。

わずかな月明かりを浴びてきらきらと輝いている。

まるで宝石のように見えた。

「ぴぎぃ」

綺麗と言われて照れたようだ。魔物は体をフルフルと震わせる。


「……スライムだったのか。驚いたよ」

俺の知っているスライム、つまり人族と魔族の大陸のスライムは知能が低い。

そして、非常に凶暴で好戦的だ。

話し合いなど不可能なのがスライムという種族である。

テイムスキルで対話を試みたことは何度もある。

だが、こちらが何を言おうが、「食ってやる」という意思しか流れ込んでこないのだ。

スライムには、こちらの言葉というか意思を理解できる知能がないのである。

「話し合いに応じてくれた賢いスライムには初めて会ったよ」

「ぴいぎ」

俺がそう言うと、スライムは嬉(うれ)しそうに鳴く。

そしてスライムは下水槽から全身を出して、ピョンピョンと跳んできた。

7 綺麗なスライム

スライムの大きさは両手で抱えられる程度、直径〇・五メトル弱といったところだ。

ぴょんぴょんと跳んで、俺の腕の中に飛び込んでくる。

そのスライムを抱きとめると少し濡れていた。

普通に考えれば、スライムを濡らしているのは下水である。とても汚い。

だが、汚がるのはスライムに失礼だ。それに手は後で洗えばいい。

だから、俺はそんな湿ったスライムを優しく撫でる。


「信用してくれてありがとう」

「ぴぎ」

ずいぶんと人懐こいスライムだ。人懐こいスライムなど前代未聞だ。

俺の知っているスライムとは根本的に違う。

きっと、このスライムを見たらケリーは大喜びするだろう。

「それにしても、下水槽に入っていた割に臭わないんだな」

「ぴぃぎ！」

俺はスライムの体表に鑑定スキルをかけてみる。

スライムは生物なので、スライム自身には鑑定スキルをかけることはできない。

だが、スライムの体表を濡らしている液体に鑑定スキルをかけることは可能だ。


「むむ？　これは……」

鑑定スキルによると、スライムを濡らしているのはただの水だった。

それもかなり綺麗な水だ。

下水槽に溜まっているのは、汚水だった。

下水槽は、便槽とは別ではあるが汚いのは変わりない。

十数日ぶりに風呂に入った調査団二十人分の垢が流れこんでいる。

それにフィオやシロは泥まみれ、ダニ・ノミまみれだったのだ。

その汚れも全部流れ込んでいる。


「これは……どういうことだ？」

「ぴぎ？」

スライムは「どうしたの？」と尋ねてくる。

「いや、スライムの体の周りについている水が綺麗で驚いたんだ」

「ぴぃ～」

スライムが言うにはその水は、自分の排泄物（はいせつぶつ）だという。

排泄物とは、簡単に言えば大小便である。

だが、飲めるほど綺麗な真水。

「もしかして下水を浄化する能力があるのか？」

「ぴぎ〜」

スライムは「わかんない。ご飯食べただけ」と言っている。

俺の知っているスライム、つまり人族大陸と魔族大陸のスライムは肉食だった。

生きていようが死んでいようが、お構いなしに飛びかかって溶かして食べるのだ。

知能が低く、食欲が尋常ではなく、武器が通じにくい。

的確にコアを探し出して砕（くだ）くか、魔法で焼き尽くすなどしなければ倒せない。

スライムは熟練冒険者でも相手するのを嫌がる厄介（やっかい）な魔獣である。

下水浄化ができるスライムなど聞いたことがない。

そもそも、対話ができるほど知能の高いスライムがいるとも聞いたことがない。

すべてが初めて尽くしだ。やはり、新種という奴（やつ）だろうか。

「ちょっと、下水槽を見てみるな」

「ぴぎ」

俺はスライムを抱いたまま、下水槽の中を覗（のぞ）き込む。

暗くてよく見えないので、下水に向けて鑑定スキルを発動させた。

「……水だな。それも、すごく清浄な水だ」

どのくらい清浄かというと、怪我(けが)をしたとき傷口を洗うのに使えるぐらいの清浄さだ。

当然、口から飲んでも何の害もないだろう。


「スライム、この中に入っていた下水を全部食べたのか？」

「ぴぎ」

「そうか、全部食べたのか。すごいな」

結構な量があったのに、大したものだ。

「スライム、お腹(なか)いっぱいか？」

「ぴぃぎ」

「そうか、まだ入るか。なら、食事するところを俺に見せてくれないか？」

「ぴぎ？」

スライムは「いいけど、食べるものあるの？」と尋ねてくる。

「あるよ。一緒に行こう」

俺は下水槽のふたを閉めると、スライムを抱っこしたままシロと一緒に拠点へと歩く。

そして風呂場に向かった。浴槽(よくそう)には残り湯が入っている。

浴槽のお湯は大量である。

上下水のシステム的に毎日の交換は難しい。

三日に一回、お湯を交換するのが精いっぱいだろう。

だから、浴槽のお湯は最初に入れたっきりである。

「ぴぎ！」

「下水に比べたら、全然綺麗だが、食べていいよ」

「ぴぃー」

嬉しそうに鳴いて、スライムは浴槽にぴょんと飛び込む。

すると、スライムを中心に渦が発生した。

ものすごい勢いで浴槽のお湯を取り込んで、外に出しているようだ。

スライムはバチャバチャと移動しては渦を発生させる。

俺は念のために鑑定スキルを発動させた。

鑑定スキルで確かめてみても、浴槽の中のお湯は急速に綺麗になっている。


「すごいな」

「……わふぅ」

俺も驚いたし、シロも驚いている。

しばらく経って、浴槽のお湯が完全に綺麗になるとスライムは浴槽から出てきた。

フルフルして、それからピョンピョン跳ねて俺の腕へと飛び込んでくる。

「スライム、すごいな」

「ぴぃいぎ」

このスライムはぜひ仲間にしたい。

俺は近日中に下水浄化装置を作るつもりだった。

下水浄化装置は複雑な構造になるだろう。

材料集めもなかなか大変になるはずだ。

木を使って炭を作ったりしなければなるまい。

それを積層状にしたりすることになるので、複雑な構造の装置になる。

しかも沢山の下水を処理しきるためには、それなりに大きな装置にしなくてはならない。

加えて金属はすべて使い切っている。新たに採掘から始めなければならないのだ。

それに複雑かつ大きなものを製作スキルで作るのはとても大変だ。

宿舎やお風呂よりずっと難度は高い。

だから、スライムが仲間になってくれれば、非常に助かる。

「スライム。俺たちの仲間にならないか？」

「ぴぃぎ？」

スライムはきょとんとしてこっちを見ている。

そして「仲間？」と尋ねてきた。

だから俺は仲間になるとはどういうことか、具体的に教える。

「下水と浴槽のお湯を清浄化してもらう代わりに、こちらも何か提供しよう」

「……ぴぃ」

スライムはぷるぷるしながら考え込む。

そして、「やめとく」とスライムは仲間になることを断ってきた。

スライムテイム

断られるのは想定外だ。

俺は、きっとスライムは仲間になってくれると思っていた。

「そう言わずに何とか」

「ぴぃぎー」

スライムは鳴きながらぷるぷるしている。

このスライムは友好的で人懐こい性格だ。それに俺とスライムは信頼関係を築けた。

加えて、わざわざ下水を食べにくるぐらいだ。スライムにとって下水はおいしいはず。

だから、俺たちの仲間になることはスライムにとっても利のある話。

断る理由はないはずなのだ。

「何か心配なことでもあるのか？」

「……ぴぃぎ」

「ふむ。従魔にしてほしいのか？」

「ぴぃ！」

どうやらヒッポリアスと同じく、俺の従魔になりたいらしい。

「それは構わないが、……本当にいいのか？」

「ぴぴぃ！」

スライムは力強く「いい！」と言ってくれている。

だが、そこまで強く従魔になりたい理由はちょっとわからない。

ヒッポリアスみたいに俺の魔力に魅力を感じてくれているのだろうか。

俺の魔力はなぜか一部の魔物に人気があるのだ。


「ぴっぴぃ！」

「ほ、ほう？」

「ぴぴぴぴ！」

スライムは、俺の匂いが好きだと言う。

下水も俺の匂いがする心地よい水だったから、食べにきたらしい。

「なるほど……」

最初、俺が体を洗った水を飲みにきたのかと思った。

だが、それよりも俺が長年使い込んだ毛布をじゃぶじゃぶ洗ったせいかもしれない。

あの毛布は、自分でも少し汚いと思っていたところだ。

「なぜ俺が魔物に好かれるのか、自分でもわからないんだが……」

「ぴっぴぃ」

「そうか、スライムにもわからないか」


このスライムは「好きになるのに理由はいらない」などと、かっこいいことを言っている。

理由はわからないが、スライムに好かれて従魔化を希望されたのならしない手はない。

「じゃあ、テイムする――つまり従魔化させてもらおうと思うのだが、名前は何がいい？」

「ぴい！」

「じゃあ、ピイだな」

「ぴっぴぃ！」

喜んでもらえたようでよかった。

もちろん、ピイという名の由来は鳴き声からである。


「じゃあ、いくよ」

「ぴぃ！」

俺は右手に魔力を集めて魔法陣を作り、スライムの近くに手をかざす。

そして、詠唱(えいしょう)を開始した。

「我、テオドール・デュルケームが、汝(なんじ)にピイの名と魔力を与え、我が眷属(けんぞく)とせん」

『ぴい。われぴい。ておどーる・でゅるけーむのけんぞく！』

スライム改めピイの返答と同時に魔法陣が強く輝く。

ピイの体に大きく一瞬だけ光の刻印のように魔法陣が転写されて消える。

ヒッポリアスの時とほぼ同じだ。

魔力回路が接続されたので、比較的流暢な人の言語でピイの意思が伝わってくる。


「テイム成功だ。これからよろしくな、ピイ」

『ておどーるのまりょくうまい！』

「ピイ。この白銀色の子魔狼はシロだ。仲良くしてくれ」

「ぴい」『わぅ」

ピイは体をプルプルさせて挨拶し、シロは匂いを嗅ぎまくる。


俺がピイとシロの挨拶を見守っていると、後ろからヴィクトルに声をかけられた。

「終わりましたか？」

「やはり気づいていたか」

「さすがに拠点の中に入ってこられたら気づきますよ」

「……体調は大丈夫なのか？」

ヴィクトルは食中毒の治療中である。

「おかげさまで熱は引きましたから」

「そうか、でも他の症状は続いているんだろう？　無理はするな」

「実は真夜中にトイレに起きて気づいたというのもあります」

ヴィクトルたちは下痢と嘔吐の症状が続行中なのだ。

だが、ヴィクトルは笑顔でピイを見る。

ピイは一昨日のフィオとシロと違い、ヴィクトルを見ても驚く様子はない。

ヴィクトルの方にぴょんぴょん跳んで挨拶しにいく。


「ヴィクトルです。よろしくお願いします」

「ぴい」

ヴィクトルはピイを撫でてから、こちらを見る。

「このようなスライム、見たことがありません」

「だよな。俺も初めて見た。そもそもテイムできるスライムが初めてだよ」

「やはりそうなのですね」

「まあ、今日は夜遅いし、明日にでもケリーに話を聞こう」

「はい、詳しい話は朝食の時にでも」

俺たちはヴィクトルが病舎にちゃんと戻るのを確認してから、ヒッポリアスの家に帰る。

家に入ると、フィオと子魔狼たちは毛布にくるまったまま眠っていた。

シロがいないからか、どこか寂しそうに見えた。

（シロ、お疲れさま。フィオと子魔狼たちを頼むな）

フィオたちを起こさないように、俺はテイムスキルを使って声を出さずに語り掛ける。

シロは無言で尻尾をぶんぶんと振ってフィオの元に向かった。

そして子魔狼を包み込んでいるフィオを、さらに包み込むようにして横たわる。

フィオは眠ったまま、シロに手を伸ばして毛をきゅっと掴んだ。

シロはそんなフィオの髪の匂いをくんくんと嗅ぐ。

起こさないよう、顔を舐めるのを我慢しているのだろう。


そんなフィオたちの様子を見てから、俺は自分の毛布に戻る。

「きゅおおお……きゅおぉぉぉ」

相変わらずヒッポリアスは起きる様子がない。

俺の毛布の端っこに体をのっけて仰向けに寝っ転がって、腹を丸出しにしている。

俺はそんなヒッポリアスの横に寝る。


そして、ピイをお腹の上に乗せたまま、ヒッポリアスの体を優しく撫でた。

（ピイもお疲れ。明日フィオとヒッポリアス、子魔狼たちのことも紹介しよう）

『ぴぃ、わかった！』

（今日はおやすみ）

『ぴぃ〜〜』

ピイはもう眠り始める。眠りに落ちるまで一瞬だった。

あまりの速さに驚かされる。

皆が寝たのを確認して、俺も眠ることにした。

ピイとヒッポリアスは温(あたた)かかった。

9 スライムの群れ

次の日の朝。

「きゅおきゅお」「ぴぃぴぃ」

ヒッポリアスにベロベロ顔を舐(な)められて、俺(おれ)は目を覚ました。

目を開けると、太陽はすでに昇っていた。

「……朝か」

『また、へんなのいる！』

俺の顔をベロベロ舐めながら、ヒッポリアスはそんなことを言う。

少し怯(おび)え気味だ。

図太くお腹(なか)を出してあおむけで眠っていたとは思えない。

「起きると途端に怯えるんだな」

『びびってない！』

「そうだな、ヒッポリアスは強いもんな」

『つよい！』

「ぴぃっぴぃっ」

そんなことを話している間、ピイは俺のお腹の上でフルフルしていた。

フィオとシロ、子魔狼たちも起きてきて、ピイを見にくる。

「わふ？」『わふぅ！」

シロがフィオと子魔狼たちにピイのことを説明しているようだ。

「フィオ、ヒッポリアス。子魔狼たち」

「わふぅ」「きゅお」「くーんくーん」

「この子は昨夜仲間になったスライムのピイだ。よろしく頼む」

『ぴい！　よろしくだよ！』

「きゅーんきゅーん」

子魔狼たちはスライムにじゃれつき始めた。

『きゅ〜。ておどーるのじゅうま？』

「そうだ。昨夜従魔になってもらった」

『そっか〜』

ヒッポリアスはピイの体を一度舐めてから匂いを嗅ぐ。

そして、フィオはピイの体にそっと手を触れる。

「ぴい！　なかま！」

「ぴっぴぃ」

フィオはピイをムニムニし始めた。

ピイも嬉しいようで、どんどん体のプルプルが増していく。

「さて、朝ご飯を食べながら、ピイのことをみんなに紹介するとするか」

「ぴぃ！」

「ピイは何を食べるんだ？」

昨夜のピイは下水槽と浴槽を食事を兼ねて浄化してくれた。

だが、もう下水槽も浴槽も綺麗になっている。


『なんでもたべるけど～』

「食べるけど？」

『おなかいっぱい』

「そうか、意外と少食なんだな」

自分で言った後、ふと疑問に思う。

本当に少食と言っていいのだろうか。

直径〇・五メトルの小さな体で、下水槽と浴槽を一瞬で綺麗にしたのだ。

大食いと言ってもいいのかもしれない。

「朝ご飯はいらないのか？」

『いらない！』

「そうか。それはそれとして、ピイは何が好きとかあるのか？」

『くさいの！』

「……そうか」

やはり、腐敗した肉とかも好きなのだろう。

蝿と好みが似ているのかもしれない。


「子魔狼たちも外でご飯食べるか？」

「きゅーんきゅーん」

子魔狼たちは「ご飯！　ご飯！」と言っている。

子魔狼たちの人慣れ具合を考えれば、外で皆と一緒にご飯を食べても問題ないだろう。


そんなことを考えていると、ドアがガンガン叩かれ始めた。

「テオさんテオさん！」

若手冒険者の声だ。

「どうした？」

「非常事態です！」

俺はヒッポリアスと一緒に外に出る。

「なんか、スライムがいっぱい集まってきていて！」

「スライム？」


観察すると、ほとんどの宿舎の屋根の上に何匹ものスライムが乗っていた。

全部合わせれば三十匹ほどいるだろうか。

「襲ってはこないんだろう？」

「はい、謎ですよね！　凶暴なスライムなのになぜか飛び掛かってこないんですよ」

慌てる冒険者の後ろから、ヴィクトルが笑顔のまま近寄ってくる。

「私は大丈夫だと言ったんですけどね」

「ヴィクトル、後は任せて眠っていてくれ」

「いえいえ、今日は体調もいいですし……」

「病み上がりは慎重な方がいい」


そんな会話を交わしている間も、冒険者は身構えている。

「スライムたちは襲い掛かってくる機会を狙っているんですよ！」

常識的に考えて、スライムは恐ろしい魔物。

冒険者が警戒するのもわかる。

だが、ヴィクトルはスライムをテイムしたことを知っているので落ち着いたものだ。

「テオさん、なぜ集まってるかわかりますか？」

「ちょっと聞いてみよう。ピイ、どうしてかわかるか？」

『ぴぃについてきた』

「ほう？　ピイはスライムの群れのリーダーなのか？」

『ちがう！　りーだーでない、おう！』

「王？　スライムの王なのか？」

『そう！』

群れというか集団をつくるスライムが存在するとは知らなかった。

新大陸の魔物は、俺の知っている魔物の生態とかなり違うらしい。

いや、かなり違うものも中にはいると言った方が正確だろうか。


「ついてきたというのはわかったが、……あいつらは何がしたいんだろうか？」

『ぴぃ～。ごはんたべたいんだとおもう』

「昨日のピイみたいにか？」

『そう！　たべさせてあげていい？』

「それは別に構わないが……ピイはいいのか？」

下水槽や浴槽の汚れをスライムが食べてしまうと、ピイの分がなくなりかねない。

『だいじょうぶ。ピイ、ておどーるといっしょ』

「ふむ。俺の魔力を食べるということか?」

『そう!』

そういうことなら、それでもいい。


俺は家を出て、ヴィクトルに言う。

「やはりピイの仲間らしい。下水などの汚れを食べにきてくれたようだ」

「ほほう。それはありがたいですね」

「すこし、スライムたちを下水の方へと連れていってくる」

「お願いします」

「ヴィクトル。後は俺に任せて、本当に横になっていてくれ」

「では、お言葉に甘えて……」


それから、俺はピイとヒッポリアスを連れて、下水槽に向かって歩く。

「ぴぴぃ!」

ピイが一声鳴くと、三十匹ほどのスライムがついてきた。

「て、テオさん、大丈夫なのか?」

「詳しくはあとで説明するが……。このピイというスライムを昨夜従魔にしたんだ」

「スライムを従魔に？　そんなことが」

「すごいな。テオさんは」

冒険者は驚きながらも納得してくれたようだ。

俺がスライムを従魔にしたと聞いて、安心もしたようだ。


「でええい！」

そのとき大きな奇声を上げて、ケリーが宿舎から飛び出してくる。

冒険者ではなく、戦闘力の低いケリーは家の中で待機を命じられていたのだろう。

スライムは危険な魔物なので、それがまともな判断というものだ。

だが、スライムが安全だとわかったので、たまらずに飛び出してきたのだ。

「ピイというのだな。私はケリー。仲良くしてくれ」

「ぴぴぃ！」

「それにしても、テオ。テイムできるスライムがいるとはな。新発見だ」

「だろうな」

「あとで調べさせてくれ」

「ああ、しかも、ピイはこのスライムたちの王らしい」

「王だと？　大繁殖しただけならともかく、社会性をもって群れを形成するスライムなど聞いたことがない！」

そんなことを話しながら、俺たちは下水槽へと歩いていった。

10 スライムの特性

Hennaryu to moto yuusha party zatsuyougakari shintairiku de nonbiri slowlife

俺たちの後ろを三十匹のスライムがピョンピョンと跳ねながらついてくる。

スライムたちの色は赤や橙、黄など様々だ。


そんなスライムたちをケリーは真剣な目で見つめている。

「テオ、スライムというのは綺麗なのだなぁ」

「色自体は旧大陸のスライムも同じようなものだろう？」

「そうだが、スライムをゆっくり観察する機会などなかったからな」

「それはそうか」

知能が低く、凶暴でテイムもできない。

大人しくさせる、つまり無力化するには退治するしかない。

それが旧大陸のスライムだ。研究も進みにくいのだろう。

「冒険者兼魔獣学者な奴が研究していたが……。そもそもそんな奴は少ないからな」

「だろうな」

学者は忙しい職業だ。それに一人前になるまでの修業期間も長い。

冒険者と兼業するのは難しかろう。

「それより、テオ。先ほど言っていた旧大陸ってのは何だ？」

「ん？　人族の大陸と、魔族の大陸を合わせた呼称だ。わかりやすいだろう？」

「テオが考えたのか？」

「そうだ」

人族の大陸、魔族の大陸。二つの大陸をまとめて呼ぶ際の呼称として考えたのだ。

「いいな。旧大陸って呼び方。かっこいい」

「ケリーも使ってくれ」

「旧大陸って呼称、私が考えたことにならないか？」

「俺は構わないが……」

「冗談だ。私にも誇りがある」

学者としての矜持的な何かなのだろう。

冒険者としては「名称を考えた者」という立場には、まったくこだわらない。

ちなみに一般的な冒険者がこだわるのは「最初に倒した者」という立場である。

そして、俺は非戦闘職なので、それにもこだわらない。

そんなことを話している間に、下水槽へと到着する。

俺は下水槽のふたを開けた。

「中の水は綺麗なんだが……。夜にはまた下水が流れ込むはずだ。それでいいか？」

「ぴっぴ！」

ピイが鳴くと、スライムたちはバチャバチャ飛び込む。

「あ、一匹、飛び込むのを待ってくれと伝えてくれ」

「ピイ、一匹だけこっちに残ってくれないか？」

「ぴ！」

すると一匹が残る。

ピイが俺の言葉を通訳してスライムたちを動かしてくれているようだ。

「一匹残すのは研究のためか？」

「うむ。手荒なことはしないから安心してほしい」

「そこは信用しているが、ピイだけじゃだめなのか？」

「ピイは明らかに特別なスライムだろう？」

新大陸の一般的なスライムも研究しなければ、ピイのどこがすごいのかもわからない。

そうケリーは力説する。

一通り力説した後、ケリーは下水槽の中を覗き込んだ。

「ほう。本当に綺麗な水になっているな」

「ピイの能力がすごくてな」

昨夜俺が見たことを伝える。

「それはすごい。そんなにすごいのなら、便槽もスライムに任せれば解決じゃないか？」

「トイレは……肥料にしたりするんじゃないのか？」

「確かに肥料にもできるが、処理は大変だぞ？」

「それはそうだが……」

糞尿を肥料にするには発酵させる必要がある。臭いはかなりきつい。

発酵により熱を生み出させて、その熱で有害なものを処理しなければならない。

「難しいし、不衛生だし。便槽もスライムたちに処理してもらえばいいだろう？」

ケリーはそんなことを言う。

魔物の糞尿を資料と考える魔獣学者のケリーらしい発想だ。

だが、俺は一般冒険者なので、糞尿を仲間の部下に処理させるのは心理的に抵抗がある。

スライムたちは従魔ではないが、ピイの子分。

つまり俺の仲間でもあるのだ。

「さすがに糞尿の処理までさせるのはな……」

『だいじょうぶ！』

だが、ピイが力強く言った。

ピイが言うには、スライムは基本的に何でも食べるらしい。

スライムの好みは、やはり一部の蠅に似ているとのことだ。

腐った死骸や糞も大好きらしい。

「ピイも食べたいのか？」

『いやじゃない！　でもテオドールといっしょにいる！』

「……つまりどういうこと？」

『おふろのみずはておどーるのあじがするからおいしい！』

「へ、へぇ」


腐った死骸や糞をおいしく感じる種族に、おいしいと言われても嬉しくはない。

それはともかく、ピイも死骸などを好むようだ。

だが、俺のお風呂の残り湯などの方が、死骸とかよりもおいしいらしい。

だから、俺と一緒にいて、それを食べるから死骸とかそういうのは食べなくていい。

そういうことらしい。

俺の残り湯を食べるのは「王の特権」と、他のスライムも思っているようだ。

あまり嬉しくはないが、ピイがどや顔で伝えてくるので、喜ぶことにする。

「……そうなのか。それは光栄だな」

「ぴぃ！」

もっともスライムなのでどや顔なのかどうかは判別は難しい。

「ピイ。下水槽のふたは開けといた方がいいか？」

『いい！』

「そうか。じゃあ、そうしよう」

あとで下水槽には綺麗になった水を排出する機構を取り付けよう。

スライムの浄化能力で飲めるほど綺麗になるので、そのまま川に流せばいい。


「じゃあ、半分ぐらいのスライムには便槽の処理も頼もうかな」

『まかせて！』

「本当にいいのか？」

『いい！』

そしてピイは「ぴぃいいい」と鳴いた。

すると、下水槽から十五匹ほどスライムが出てきた。

便槽担当スライムということだろう。

「ピイ。すごく助かる。ありがとうな」

「ぴっぴぃ！」

それから俺はピイを抱えて便槽へと向かう。

十五匹のスライムがピョンピョンついてきてくれた。

ケリーも一匹の小さな赤いスライムを抱えている。

ケリーの抱えているスライムは直径〇・二メトルほど。


「テオはテイムスキルがあっていいな。私も魔物と話したい」

「そうだな。便利だぞ」

便槽のふたを開け、スライムに入ってもらった。

開けた際の悪臭はあっという間に消え去った。

「本当にすごいな」

「ぴぃ！」

鑑定スキルを便槽の汚物だったものにかけると、既に清浄な水に変わっていた。

11 下水槽の排水機構の整備

それから俺とヒッポリアス、ケリーとピイは拠点へと戻る。

拠点ではすでに朝ご飯の準備ができていた。

フィオが二頭の子魔狼を抱え、シロが一頭の子魔狼を咥えてかまどの近くにやってきている。


「今、子魔狼の食事の準備をするからな」

俺は子魔狼たちの分の食事を作る。肉を細かく切ってすりつぶすのだ。

そして、食事の準備が終わると、お皿に入れて子魔狼たちの前に置く。

それから、フィオたちにも朝ご飯を配膳して、自分も朝ご飯を食べ始める。

魔狼の習性なのか、俺が食べないとフィオとシロが食べ始めないからだ。


フィオたちが食べ始めたのを確認してから、俺は立ち上がって語り始める。

まずは皆が興味を持っているピイの紹介から。

紹介した後、皆にピイが仲間になった経緯の説明を始める。

シロに起こされたところから、ピイをテイムして家で眠るまでだ。

そして、ピイとスライムたちの能力も説明した。

「そいつはすげーな。ピイがいれば残飯処理方法を気にしなくてよくなるじゃねーか」

「ぴぴい」

「それにしてもそんなスライムがいたんだな。俺の知っているスライムは……」

「ああ。私の知っているスライムも凶暴で知能が低い」

「学者先生のケリーでもそうなのか、なら新種って奴かもしれねーな」

ピイの珍しさについて色々冒険者たちは語り合う。


「それから皆ももう知っていると思うが、昨日、子魔狼たちを保護した」

「……可愛い」「なんという愛くるしさだ」

冒険者たちは子魔狼の可愛さに参ってしまっているようだ。

子魔狼たちは「あうあう」と鳴きながら、ご飯を食べている。

俺は魔熊モドキを倒したことと、どんな奴だったかも説明する。

冒険者たちは真剣な表情で聞いてくれたのだった。

説明が一通り終わると、近くにいた冒険者がシロの頭を撫でにくる。

「シロ。お前さんは偉いな。弟たちを助けるために頑張ったな」

「わふ」

「フィオも偉いぞ」

「わふぅ！」

冒険者たちに褒められて、フィオもシロも誇らしげに尻尾を振っている。

「それにしてもシロはすごいな。俺はピイが来ていたことに気づかなかったよ」

「わふ」

「下水槽は拠点から離れているからな。気づけなくても仕方ない」

俺がそう言うと、冒険者たちはうんうんと頷く。

「だからこそ、シロはすごいんだ」

褒められて撫でてもらって、シロは嬉しそうに尻尾を振った。

和やかな朝食の時間が終わり、皆それぞれ自分の仕事をしに向かう。

俺はピイと子魔狼たち、フィオとシロを連れて病舎に向かった。

ヴィクトルに説明するためだ。


ヴィクトルはだいぶ回復していた。

下痢はまだ少し続いているが、嘔吐は収まったようだ。

「回復の早さが尋常ではないな」

「テオさんのお薬のおかげですよ」

そう言ってヴィクトルはほほ笑む。

他の病人である冒険者たちと地質学者も、ヴィクトルほどではないが回復している。
二、三日ほどで全快しそうな勢いだ。

俺は朝食の場にいなかった者たちに、改めて昨日から今朝(けさ)にかけての報告をした。

魔熊モドキとの戦いと子魔狼たちの保護。

ピイを仲間にしたことと、スライムの能力。

それらの報告を、ヴィクトルたちは「ふんふん」と聞いてくれていた。

聞き終わったヴィクトルが言う。

「風呂場(ふろば)の洗い場のわきにある洗濯場にもスライムに来てもらえばいいのでは？」

「洗濯もスライムにお願いするのか？　ピイ、どうだ？」

『まかせて！』

そして、ピイは「ぴぃ～～～」と長く鳴いた。

『いっぴき、あらいばにいった』

「すごいな。遠くから指示が出せるのか？」

『だせる。ぴぃ～』

スライムの王というのは伊達(だて)ではないらしい。

それからヴィクトルに尋ねられる。

「テオさん。今日はどうされるのです？」

「スライムたちが下水槽を浄化してくれたからな。水を排出する機構でも作るかな」

「そうですね。このままだと二、三日であふれるかもしれないですし」

「本当は浄化する機構から作るつもりだったから、ピイたちのおかげで楽になった」

スライムたちが、下水を飲料水にできるほど浄化してくれるのだ。

そのまま川に流しても何の問題もない。


そして俺は近くでプルプルしていたピイを撫でる。

「だが、金属が尽きたからな。今日の作業は採掘からになりそうだ」

それを聞いていた地質学者が、体を起こす。

地質学者は病人の中でも一番消耗しているが、昨日に比べたらかなり元気になっている。

「何か俺に協力できることがあれば言ってくれ」

「ああ、その時は頼む」


その後、俺たちは病舎を後にする。

そして、フィオとシロの頭を撫でた。

「フィオとシロは子魔狼たちと留守番していてくれ」

「わかた」「わふぅ」

フィオとシロは聞き分けよく、素直に頷く。

子魔狼たちを引き連れて拠点の外に向かうわけにはいかない。

それを理解してくれているのだ。

ついでにケリーにも頼んでおく。

「ケリー。子魔狼たちとフィオ、シロを頼む」

「ああ、万事任せてくれ」

そして、俺はヒッポリアスとピイを連れて、金属の採掘へと向かうのだった。

金属採集に向かおう

Hennaryu to moto yuusha party zatsuyougakari shintairiku de nonbiri slowlife

俺とヒッポリアス、それにピイは拠点を出ると川に向かう。

ピイは俺の肩の上に乗ってプルプルしていた。

ヒッポリアスは、俺たちの前を楽しそうに歩いていく。

『てお、かわでなにするの？』

「金属採集だ」

『かわで？』

「川からは砂鉄が採れたりするからな」

『そっかー』


河原に到着すると、俺は周囲や川の中の石や砂、泥などに鑑定スキルをかける。

そして、ヒッポリアスは川の中にじゃぶじゃぶ入っていった。

ヒッポリアスは水遊びが好きなのだろう。

子海カバのヒッポリアスには沢山遊んでほしい。

しばらくヒッポリアスが遊んでいる間に、俺は鑑定スキルを周囲にかけ終わる。

「ふむふむ。鉄の含有量は普通の川より多めだな」

『そなの？　あつめる？』

ヒッポリアスは尻尾（しっぽ）を振りながら、俺の近くまでバチャバチャ走ってきた。

「そうだなー。それもいいが……」


鉄を含有する石や砂をかき集めて、それを材料として鉄の何かを製作スキルで製作する。

そうすれば、鉄を抽出（ちゅうしゅつ）することは可能だろう。

だが、含有率が高めといっても、比較的高いというだけの話。

絶対量が微量なのは変わりない。

海水から塩を取り出すのと同じ手法だ。

だが、海水に含まれる塩と比べて、砂や岩に含まれる鉄は微量である。

海水に塩は質量比で百分の三程度含まれる。

一方、花崗岩（かこうがん）に含まれる鉄は千分の二とかその程度だ。

それが色々な他の岩石と交じりあって川を流れてくるのである。

鉄の比率はもっと少なくなるだろう。

だから、周囲から大量の石や砂をかき集める必要がある。それはとても大変だ。

それに大量の石や砂から少しずつ抽出するには、大量の魔力が必要になる。

「鉄を抽出する前に、まず砂鉄を集める装置を製作した方がいいかな……」

砂鉄を集める装置を作って、かき集めてから抽出すれば魔力の消費は抑えられる。

「まあ、ひとまずは、上流に向かおうか」

川底に鉄を含む石や砂が多いということは、上流にその元があるということだ。

その本元から抽出した方が効率はいいだろう。

「恐らく花崗岩とか閃緑岩みたいな鉄を含む岩が川沿いにあるんだろうさ」

『そっかー。ておどーる、ひっぽりあすにのる？』

「じゃあ、乗せてもらおうかな」

『わーい』


俺が背中に乗ると、ヒッポリアスは嬉しそうだ。

「きゅおきゅ～おっ」

ご機嫌に鳴きながら、上流に向かって川の中を歩いていく。

俺はその最中、川の近くに生えている植物や岩石類に鑑定スキルをかけていく。

「本当に新大陸は食べられる植物が多いな」

『おいしい？』

「それは食べてみないとわからない」

『そっかー』

——ビチビチッ

いつの間にかヒッポリアスは大きな魚を咥(くわ)えていた。

ヒッポリアスは本当に狩りがうまい。

『ておどーる、あげる！』

「いいのか？　ヒッポリアス、お腹空(なかす)いてないのか？」

『だいじょうぶ！』

「ありがとう。お昼ご飯にでもみんなで食べよう」

「きゅお！」

ヒッポリアスにもらった魚を絞めると、魔法の鞄(マジックバッグ)に入れておく。


さらに上流に進むと、どんどん川幅は狭く水深は浅くなっていく。

そして、渓谷が険(けわ)しく深くなっていく。

「ふうむ。だいぶ山の方に登ってきたな」

『ひっぽりあすはもっとみずがあるほうがすき』

ヒッポリアスとしては、もっと水深がある方が楽しいのだろう。

そして、ピイは俺の左肩の上で楽しそうにプルプルしていた。

ちょうどいい振動で、こりがほぐれる。

「ピイはマッサージがうまそうだな」

「ぴぃ？」


そんなことを話していると、鑑定スキルに大きな反応があった。

大量の金属反応である。

「む？　なんだこれは？　この辺りに鉱脈があるぞ」

『こうみゃく？』

「鉱石とかが沢山あるところだ」

『すごい』

旧大陸で鉱山に湧いた魔物を退治するクエストに参加したことがある。

そのときも周囲に鑑定スキルを使った。

その際に捉えた金属の反応よりも大きな反応だ。


『てつもみつかった？』

「ああ、鉄どころか、いろんな金属がありそうだ」

『すごい！』

「ヒッポリアス、あちらの方向に向かってくれ。そう遠くはない」

俺は川の右岸の方向を指さした。

その方向に少し進んだ辺りに、鉱脈が存在しているのは間違いない。

『わかった！』

「登れそうなところを探そうか」

今、俺とピイはヒッポリアスの背に乗って川の中を進んでいた。

俺の指さした川の右岸は険しい崖となっている。

五メトルほどの岩が垂直に近い角度で切り立っているのだ。


『わかった！　のぼれるところさがす！』

そう言いながら、ヒッポリアスはまっすぐ右岸に向かって走り始めた。

傾斜の緩い箇所を探す気配は皆無である。

「お、おい、ヒッポリアス」

「ぴぃいぃ」

俺は思わず叫ぶ。

ピイも驚いて叫んでいる。

そしてピイは俺の左肩に必死にしがみつく。

ヒッポリアスは速度を緩めずに壁に向かって走ると、思いっきり跳んだ。

岩壁の途中を蹴り、尻尾を川底に叩きつけると、ヒッポリアスは右岸を駆けあがった。

13 鉄を採集しよう

Hennaryu to moto yuusha party zatsuyougakari shintairiku de nonbiri slowlife

崖を駆け登ると、ヒッポリアスはぶんぶんと尻尾を振った。

「きゅお！」

ヒッポリアスは「ドヤッ！」と背中に乗っている俺の方を振り返り気味にうかがう。

「すごいな、ヒッポリアス」

「ぴぃ～」

油断したら振り落とされてしまうぐらい速く激しい動きだった。

ピイもびっくりしたようだ。

『すごい？　ひっぽりあす、すごい？』

「ああ、すごいぞ。だが急に動くと、俺が振り落とされちゃうぞ」

「きゅお……」

「だけど、すごかった。偉いぞ」

『きゅお！　きをつけるね！』

「ああ、特にフィオとかを乗っけてるときはな」

『わかった！』

背中の上に乗ったまま、しばらくヒッポリアスを撫でてから言う。

「よし、ヒッポリアス、あちらに向かってくれ」

『わかった！』

ヒッポリアスの足取りは軽い。険しい岩場をやすやすと歩いていく。

しばらく進むと、岩壁に突き当たった。

「ヒッポリアス、この辺りだ。ありがとう」

「きゅお！」

俺はヒッポリアスの背から降りて、周囲を改めて鑑定しなおす。

距離が近くなれば、鑑定の精度は飛躍的に上がるのだ。

「この岩壁の奥に鉱脈がありそうだな」

岩壁の奥にかなり豊富な資源がある気配がある。

足元の岩の下にも反応があるが、メインは壁の向こう側だ。

俺は直接岩壁に手を触れて、鑑定する。

「ふむ……。なるほど」

『てつある？』

「鉄ももちろんあるぞ」

『すごい！』

鉄、チタン、銅、亜鉛、アルミニウム、クロム、ニッケルなどなどがある。

それどころか、ミスリルやオリハルコンすらあるようだ。


「すごい豊富な鉱脈だな……」

拠点で使う分は充分に賄える量が埋蔵されている。

『どうやってとるの？』

「そうだなぁ。ヒッポリアス。この辺りの岩を砕くことは可能か？」

鉱脈まで岩を砕いてもらえれば、直接抽出することができる。

ヒッポリアスが砕けなければ、また別の手段を考えなければなるまい。

岩を素材に製作スキルを発動して別のものを作ることで削るのが一番早いだろうか。

だが、魔力はかなり消耗することになる。

金属採掘のペースは大きく落ちることになるだろう。

だから、ヒッポリアスに尋ねたのだが、

『できるよ！　くだく？』

ヒッポリアスは尻尾を振りながら答えてくれる。

「無理はしなくていいんだからな」

『わかった！』

それから俺はヒッポリアスに砕いてほしい範囲を細かく伝える。

するとヒッポリアスは「きゅおぅー」と鳴き始めた。

同時に角が生えて光り始める。どんどん光は強くなっていった。

そして、まぶしいぐらい光が強くなったとき、

「きゅおっ！」

ヒッポリアスの角から魔力弾が放たれた。


——ドドドドドドドド!!


強力な岩をも砕く魔力弾が連続で撃ち込まれる。

砕けた岩が周囲に散らばった。

『もうすこしくだく？』

「ひとまず大丈夫だ。ちゃんと鉱脈まで届いている。すごく助かったよ」

そう言って、俺はヒッポリアスを撫でる。

「きゅお～」

ヒッポリアスは嬉しそうに尻尾を揺らす。

さすがのヒッポリアスでも楽に放てるものではないはずだ。

俺は労るために、魔法の鞄から水とお肉を出してお皿に載せる。

それをヒッポリアスの前に置いた。


「ヒッポリアス。これでも食べて、しばらく休憩していてくれ」

『わかった！　ありがと』

「量が少なくてすまないな」

『だいじょうぶ！　おいしい！』

ヒッポリアスはよく味わうようにして、肉を食べて水を飲む。

そして、ピイにも少しのお肉をあげる。


それから俺はピイを肩に乗せたまま、自分の仕事を始めた。

「それにしても、立派な鉱脈だな」

岩の間に鉄の多く含まれる層とケイ素の多く含まれる層が縞状に重なっている。

その鉄の多く含まれる層を素材にして、製作スキルを発動することで鉄を抽出するのだ。

製作物は鉄のインゴットにすればいいだろう。

「そのためには……」

まず鉄の多く含まれる層に向けて念入りに鑑定をかける。

組成などを徹底的に頭に叩き込む。

それから鉄のインゴットをイメージした。

鉄のインゴットは構造が単純なので、イメージ自体は単純で簡単である。

この場合は、素材の鑑定の方がはるかに重要なのだ。


準備が終わると、一気に製作スキルを発動させる。

「きゅお～～」『ぴぃ～』

次々に製作の終わった鉄のインゴットが積みあがっていく。

その様子を見て、ヒッポリアスもピイも感心して声を上げていた。

しばらく鉄のインゴットの製作を続けて、充分な鉄を集めることができた。


「鉄はこれでいいとして、他の金属も集めたいな」

『ひっぽりあす、いわくだく？』

「お願いしたいが……、ヒッポリアスは魔力の残りは大丈夫か？」

『だいじょうぶ！』

「無理してないか？」

『むりしてない！』

「鉄は集まったし、日を改めてもいいんだよ？」

『よゆう！』

そう言って、ヒッポリアスは尻尾をぶんぶんと振る。

どうやら、随分と張り切ってくれているようだ。

「じゃあ、お願いしようかな！」

「きゅお！」

俺たちは金属採掘を続行することにした。

14 金属を採集しよう

Hennaryu to moto yuusha party zatsuyougakari shintairiku de nonbiri slowlife

俺は再び鑑定スキルを発動させて、鉄とは別の鉱脈の位置を正確に探る。

鉱脈の位置さえ正確に把握すれば、後は基本的に鉄と同じである。

ヒッポリアスにお願いして指示を出して、岩を砕いてもらうのだ。

鉱脈までたどり着けば、再び鑑定スキルで組成を把握しインゴットを製作する。

鉄より含有率が低い金属を抽出する場合は、魔力消費が大きい。

だが、やることは同じだ。どんどん金属を採掘していく。


「それにしても……」

「きゅお?」

「ヒッポリアスの魔力量はすごいな」

『すごい?』

「想像していた以上にすごい」

ヒッポリアスには魔力弾を何度も撃ち込んでもらって、岩を砕きまくってもらっている。

俺は、ヒッポリアスの魔力弾の威力を見て、そう数は撃てないと判断した。

いくらヒッポリアスが高位竜種であったとしてもだ。

だが、ヒッポリアスは元気に軽々と岩を砕いてくれる。

合計で数十発もの魔力弾を放っているのに、平然としていた。


「本当にすごい竜だな、ヒッポリアスは。まだ子供だとは思えないよ」

「きゅうきゅお～～」

ヒッポリアスは嬉しそうに尻尾を振る。

俺もヒッポリアスに負けるわけにはいかない。

岩を砕くことは俺にはできない。

その分俺は金属を抽出して採集することに全力を尽くす。

そんなことをしばらく続けていると疲れてきた。

魔力にはまだ余裕があるのだが、頭が疲れていると感じる。

鑑定スキルで組成などを頭に叩き込み続けていたからだろう。


『ぴぃ。つかれた？』

「少しな」

「ぴぃ」

するると俺の左肩に乗っていたピイが変形する。

俺の首をまたいで、左肩と右肩に同時に乗っかった。

そしてピイは、俺の肩を揉むかのように動き始めた。

肩こりがほぐされていく。首も一緒に揉まれるのでとても気持ちがいい。

『ぴい？　どう？』

「おお、気持ちがいいぞ。ピイは肩を揉むのがうまいな」

「ぴぃ～」

ピイはご機嫌になって、肩を揉んでくれる。

「ピイは肩こりに詳しいのか？　人と交流があったり？」

『ちがう～』

「そうなのか。その割にはうまいな」

「ぴぃ」


すると、ピイはなぜ肩こりをほぐすのがうまいのか説明してくれた。

どうやら、肩がこると魔力の流れが澱むらしい。

「そう言われたら、そうかもしれないな」

『そこをもむ！』

ピイは魔力の流れを見て、澱んでいるところを揉み込んでくれていたらしい。

鑑定スキルや製作スキルを使っていると、姿勢よくしていても肩がこるのだ。

なぜか理由はわからなかった。

だが、魔力が澱んでいたと考えれば、腑に落ちるというものだ。


「勉強になるよ」

『ておど～る、よくなった？』

「ああ、肩がだいぶ軽くなった。肩こりが取れたら脳みその疲れも軽くなったよ」

『よかった！』

「ありがとうな」

お礼を言うと、ピイはしばらくフルフルしていた。


そして、近くでのんびりしていたヒッポリアスの頭の上にぴょんと飛び移る。

『ひっぽりあすもこってる？』

「きゅお？」

きょとんとするヒッポリアスの頭の上で、ピイはムニムニと動く。

「きゅおぉぉおぉおぉおぉおぉ……」

ヒッポリアスは気持ちよさそうに口を開けて、目をつぶっている。

「ヒッポリアス、気持ちがいいのか？」

『きもちいい！』

「そっか。それならよかった。ピイはマッサージが得意なんだな」

「ぴぃ～～」

俺は嬉しそうに鳴くピイの体を優しく撫(な)でる。


ヒッポリアスが休養している間に、俺は金属採集の作業を再開する。

それからは非常に順調に採集が進んだ。

ピイのマッサージで、肩こりが解消したおかげだろう。

「肩こりがこれほど作業効率を落としていたとはな……」

『ひっぽりあすもげんきになった！』

「そうか。ピイ、ありがとうな」

「ぴぃ～」


昼過ぎになって、俺たちは必要な量の金属を採集し終えることができた。

作った各種金属のインゴットはすべて魔法の鞄(マジックバッグ)に入れていく。

「作業は終了だ！」

「きゅおー」『ぴぃ！」

「軽くご飯を食べてから帰ろうか」

『たべる！』「ぴぃ！」

拠点まではそれなりに距離がある。

しかも道らしい道がない。徒歩で普通に帰れば三時間ぐらいかかるだろう。

だが、ヒッポリアスに乗せてもらえば、二十分程度で戻れるかもしれない。

「急いで帰って拠点でご飯を食べてもいいが、途中で食用の植物を採集したいからな」

その場合、ゆっくり帰ることになる。

だからお昼ご飯はこの場で食べていった方がいいだろう。


「ピイも食べるだろう？」

『たべる！』

ピイは元気に返事をする。

ヒッポリアスもピイも、必ずしも食事をとる必要はない。

だが、ヒッポリアスとピイにとって、食べることは娯楽なのだ。

人間にとってのおやつのようなもの。

俺は頑張ったヒッポリアスとピイに食事を与えることでねぎらおうと考えたのだ。

焼いた肉を魔法の鞄から取り出す。

それを二枚のお皿に載せて、ヒッポリアスとピイの前に置く。

「いつも通りの肉ですまないな」

『おいしい！』「ぴぃ」

嬉しそうに肉を食べるヒッポリアスとピイを見ながら、俺も肉を食べたのだった。

15 ついでの山菜採集

ヒッポリアスは大事そうにゆっくり肉を食べる。

ヒッポリアスの大きな体の割に肉が少ないのだ。

ピイもゆっくり溶かすようにして食べている。

ピイの能力ならば、一瞬で全部溶かすことができるだろう。

きっと味わっているに違いない。

「ピイは腐っている肉の方が好きなんだろう？」

『そう！』

「今度はピイのために腐らせた肉も用意しとこうかな」

『だいじょうぶ！　ておどーるのほうがうまい！』

そのまま受け取ると、少し怖いことをピイは言う。

だが、ピイは俺の風呂の残り湯などがうまいと言いたいのだ。

「じゃあ、今日風呂に入ったときにでも存分に食べてくれ」

「ぴっぴぃ！」

そんなことを話しているうちに、みんなご飯を食べ終わる。

いや、俺にとっては昼ご飯だが、ヒッポリアスにとってはおやつと言った方が正確だ。

「ヒッポリアス。食べられる草を採集しながら帰りたいから、ゆっくり歩いてくれ」

『わかった！』

ピイは俺の肩に乗り、俺はヒッポリアスの背中に乗って歩いていく。

「きゅお〜きゅーお〜」

ヒッポリアスはご機嫌(きげん)に鳴きながらゆっくり歩いていく。

帰りながら、俺は鑑定スキルを使って、植物を調べていった。


「ヒッポリアス、右の方に向かってくれ」

「きゅお！」

「ありがとう、この草は食べられるはずだ」

食べられるというのは、毒がなく体に害はないということ。

味がいいとは限らない。

食べられる植物が思わず吐(は)き出してしまうほど、まずい場合も珍しくない。

「実際に食べてみるのは、拠点に帰ってからだな」

「きゅむきゅむ」『ぴっぴっぴ」

俺が採集していると、それをヒッポリアスがハムハムし始めた。

ピイも草を体内に取り込んで溶かし始めている。

「食べられるが、おいしいとは限らないんだよ？」

『うまい！』

『ぴぃ〜〜。おいしい！』

「そうか。なら多めに採っておこうか」

「きゅお！」『ぴぃ〜〜」

ヒッポリアスとピイは嬉しそうに鳴く。

もちろん、海カバとスライムの味覚と人が同じとは限らない。

牛やヤギの食べる草を人が食べてもおいしくないことの方が多いようにだ。

それにピイたちスライムは下水すらおいしく食べられるのだ。


「ま、人の口に合うかは改めてチェックしないとだな」

そんな調子で、どんどん道中にある食べられる植物を採集していった。

ヒッポリアスはそのたびにむしゃむしゃ食べる。

ピイも取り込んで味を確認していた。

そのたびに、ヒッポリアスもピイも「うまいうまい」と言うのだ。

ピイはわかる。スライムだから有機物ならなんでもうまいのかもしれない。

だが、ヒッポリアスも思っていたよりも草が好きなようだ。


「もしかして、ヒッポリアスは草食寄りの雑食なのか？」

『きゅー。にくのほうがすき』

「そうか。一応確認なんだが、人が食べられない植物もヒッポリアスは食べられるのか？」

『たぶん、たべれる！』

「まあ、普通に考えたら、食べられるものは違うよな」

人と海カバは種族が違う。当然といえば当然だ。

そんなことを話しながら採集しつつ、拠点へと戻る。


拠点に着いたときはもう夕食時だった。

ヴィクトルに採集成果の報告をして、夕食の準備を手伝う。

そして、フィオやシロ、子魔狼たちも一緒に、みんなでご飯を食べた。


その後、俺はピイと男性冒険者たちと一緒にお風呂に入る。

脱衣所で服を脱いでいると、冒険者の一人が言う。

「そういえばテオさん。スライムが洗濯を頑張ってくれることになっただろう？」

今朝、スライムたちの王であるピイが一匹のスライムに洗濯担当になるよう命じていた。

「そうだな。もう活躍しているのか？」

「ああ。そうなんだが……。思った以上にすごくてだな……。ちょっと見ていてくれ」

そう言うと、冒険者は自分の脱いだ服を洗い場の脇にある洗濯槽に丁寧に入れた。

洗濯槽には水が入っていて、そこに一匹のスライムが浮いていた。

「ぴぃ～」

服が入ると、洗濯槽のスライムは鳴きながらブルブルする。

そうしながら、服自体を体の中に取り込んでいく。

「食べてる……わけではないよな？」

「ああ。すごいのはここからだ」


十秒ほど経つと洗濯スライムはぶうという音とともに服を吐き出した。

「ありがとうな。すごく助かるよ」

「ぴ～」

お礼を言って冒険者はその服を取り上げる。

「テオさん、触って確認してみてくれ」

「ふむ……なに？　もう乾いているだと？」

「そうなんだ。体の中に取り込んだ際に水分を吸収してくれているみたいだ」

「……すごいな。しかも汚れ一つない」

皮脂汚れなどの有機的な汚れ以外の土汚れなども綺麗になっていた。

「俺も洗濯してもらおうかな」

「ああ、それがいい」


俺が脱いだ服全部を洗濯槽に入れようとすると、

『ぴい！　それはぴいがやる！』

「む？　それならお願いしようかな」

俺についてはピイがやるというようなことを言っていた。

俺は魔法の鞄から、大きめの桶を取り出すと脱衣所に置いて水を入れた。

そして、下着まで服を全部入れた。するとピイがぴょんと飛び込む。

「ぴぃ〜〜〜〜」

あっという間に俺の身に着けていたものは全部綺麗になり乾燥も済んでいた。

16 入浴と洗濯

ピイの高速洗濯を見ていた冒険者が言う。

「洗濯スライムより、ピイの方が速いな」

すると、ピイは自慢げにフルフルし始めた。

『ぴいは、おうだからとうぜん。みんなよりすごい』

「ピイはさすがだな！」

「ぴぃ～～」

俺が褒めると、ピイは誇らしげにプルプルした。

それから、俺たちはみんな風呂に入る。

俺が体を洗っていると、近くでピイがフルフルしていた。

きっと色々と食べているのだろう。少し微妙な気もするが、仕方がない。

その後、俺が湯船に入ると、ピイもついてきた。

湯船の中には、浴槽スライムが五匹ぐらいぷかぷか浮いている。

そのおかげか、お湯は本当に綺麗だった。

冒険者たちも湯船に入りながら、スライムを撫でたりしている。

「本当にスライムさまさまだな！」

「ああ、本当に助かるな」

そんなことを話しながら、俺は広い湯船に肩までつかる。

それから、全身を伸ばした。とても気持ちがいい。


ピイはそんな俺の近くにぷかぷか浮いている。

「そういえば、スライムって、水より軽いんだな」

『おもくもなれる！』

そう言うと、ピイは底の方へと沈んでいった。

「どういう仕組みなんだ？」

「ぴぃ～？」

どうやらピイにもよくわかっていないらしい。

「ピイ、何度か浮いたり沈んだりしてみてくれないか？」

『わかった』


俺は鑑定スキルを発動させる。

ピイ自体には鑑定スキルはかからない。

だが、ピイの周囲のお湯に、鑑定スキルをかけることは可能だ。

「ぷくぷくぷく、ぴぃ〜、ぷくぷく、ぴぃ〜」

「なるほど、ピイありがとう。仕組みがわかったぞ」

どうやら、ピイの体自体は水より軽いらしい。

沈むときには周囲のお湯を体内に取り込み圧縮し重くしているようだ。

ピイにもわからなかったということは、無意識にやっていることだったのだろう。


そんなことをしている間も、洗濯スライムは大忙しだ。

冒険者たちは洗濯槽の横に大きな桶を置き始めた。

桶を置くのは、乾いた洗濯物を再び濡らさないためだろう。

それから、服を脱ぎ、洗濯槽に衣服を全部入れていく。

そして、体を洗い、湯船に入る。それが一連の流れだ。

人が増えて洗濯物が多くなると、五匹の浴槽スライムも洗濯に向かったりするようだ。

色々融通しながらやっている。


体を洗い終えて、湯船に入ってきた冒険者たちが言う。

「スライムたち、ありがとうな。毎日洗濯してもらえるとすごく助かるよ」

「ぴぃ」

「ああ、洗濯なんて年に一度するかしないかだからな」

「……それはお前だけだろう」

「さすがに臭すぎるぞ。気をつけろ」

「へへ、すまねえ」

そんなことを言っている。


冒険者は風呂にもあまり入らないし、洗濯も滅多にしないのは事実だ。

したくないのではない。できないのだ。

冒険中において、水は貴重品である。風呂にも洗濯にも使えない。

だからこそ、冒険を終えて、宿屋で風呂に入るのが楽しみだったりするのだ。

充分に楽しんだ後、風呂を出てピイが洗濯してくれた服を着る。

やはり綺麗になった服は気持ちがよいものだ。

「ありがとうな、ピイ」

「ぴ～」

俺は肩にピイを乗せて、風呂の建物を出る。

するとすぐ外でヒッポリアスが待っていてくれた。

「ヒッポリアス、いつも待たせてすまないな」

「きゅお！」

「ヒッポリアスが小さくなれたら、一緒に風呂にも入りやすいんだがな……」

「きゅお？」

高位の魔物の中には体の大きさを変えられるものがいる。

とはいえ、大きさ変化は先天的な能力。

人間でいうところのスキルにあたるものだ。

同じ種族でも体の大きさを変えられるものと、変えられないものがいたりもする。


「今度一緒に温泉に行こうな」

「きゅお～」

そして、俺たちはヒッポリアスの家へと戻る。

ヒッポリアスの家では、フィオとシロ、それに子魔狼たちが寛いでいた。

「フィオ。そろそろ女性陣の風呂の番だよ」

「おふろ！」

「シロと子魔狼たちは……毎日入らない方がいいかな？」

「わふ！」

「しろ、はいる！」

シロの言葉をフィオが通訳してくれた。

通訳されなくても、俺にもだいたいの意味はわかる。

だが、はっきりとした言語として理解できるのはフィオだけなのだ。

「シロが入りたいなら、大丈夫かな」

シロは犬でも狼でもなく、魔狼である。

普通の狼の基準が当てはまらない。

「わふぅ」

「だが、子魔狼たちはまだ赤ちゃんだから、風呂はたまにの方がいいかもな」

ほとんど汚れていないし、何よりまだ体力面で不安が残る。

「わふぅ……」

「大丈夫。フィオとシロが風呂に入っている間は俺が見ていよう」

「わふ」


そんなやり取りのあと、フィオとシロは風呂に向かった。

そして、俺とヒッポリアス、ピイは子魔狼たちと家に残った。

子魔狼たちは毛布の上で楽しそうにじゃれ合っている。

その近くに俺は座った。

すると、子魔狼たちは「きゅーんきゅーん」と鳴きながら、俺にじゃれついてくる。

「お前たちは本当に人懐(ひとなつ)こいな」

そう言って、俺は子魔狼たちを撫でまくる。

毛布はとても綺麗だ。

どうやら、俺の作った子魔狼用トイレは活用されているようだった。

17 子魔狼とテオドール

Hennaryu to moto yuusha party zatsuyougakari shintairiku de nonbiri slowlife

ヒッポリアスが俺のすぐ近くに顔を持ってきた。

床にぴたりと下顎をつけている格好だ。この格好をヒッポリアスはよくする。

なるべく子魔狼に視線を合わせようとしているのだ。

ピイもプルプルしながら子魔狼たちのそばに寄る。

ヒッポリアスやピイも子魔狼たちが可愛いのだろう。


「あぅあぅ！」

「きゅお～」「ぴぃ」

ヒッポリアスは俺にじゃれつく子魔狼たちの匂いを嗅いだりしている。

そして、ピイは子魔狼たちを撫でるように優しく触れていた。

俺は子魔狼たちと遊びながら、その鳴き声の意味をテイムスキルで解読する。

子魔狼たちはもうヒッポリアスもピイも怖くないようだ。

赤ちゃんなのに大したものだ。

「あぅ！」

「む？　少し喉が渇いているのか？」

俺は飲み水を皿に入れると、子魔狼たちの前に置く。

ちなみに飲み水も皿も魔法の鞄に入れておいたものだ。

すぐに子魔狼たちはぺちゃぺちゃ水を飲み始めた。

「好きなだけ飲みなさい。おやつも食べるか？」

「あぅ！」

どうやら子魔狼は小腹が空いているようだった。

なので、焼いた肉を取り出すと、細かくすりつぶして皿に載せる。

「わむわむわむ」

子魔狼たちはおいしそうに食べた。


「ケリーが食事は小分けにしてあげた方がいいって言ってたよな」

まだ子魔狼たちは痩せているので、なるべくおやつもあげた方がいいだろう。

「子魔狼用のおやつもまとめて作っておくか」

魔法の鞄に入れておけば、腐ることはないので安心だ。

俺はおやつを食べている子魔狼を優しく撫でる。

おやつを食べ終わった子魔狼はまた俺にじゃれつき始めた。

しばらくすると、一頭がとことことトイレに歩いていった。

そして用を足す。

「おお、偉いぞ、トイレがわかっているんだな」

トイレを成功させた子魔狼を、褒(ほ)めて撫でまくった。

「あう！」

トイレした子魔狼も誇(ほこ)らしげに尻尾(しっぽ)を振っている。

「はい、そっちでみんなと待っていてな」

そして子魔狼を毛布(もうふ)に移すと、トイレの処理を済ませておく。

それが終わったころには、子魔狼たちは気持ちよさそうに眠っていた。

「よしよし。沢山(たくさん)眠りなさい」

俺も子魔狼たちのそばに横たわる。

子魔狼を撫でたいが、撫でたら起こしてしまうかもしれない。だから我慢する。

寝息(ねいき)を立てる子魔狼たちを眺めているうちに、俺もいつの間にかうとうとしてしまった。


「わむ」

ふと気づくと、一頭の子魔狼が起きて俺のお腹(なか)の上に乗っていた。

他の二頭は俺にくっついて眠っている。

「お前も眠っておきなさい」

そう言って、俺のお腹の上に乗っていた子魔狼を優しく撫でる。

「ぁぅ……」

子魔狼はしばらく俺の指を甘噛み（あまが）したりしていたが、うとうとして眠りについた。


俺もうとうとし始めたころ、フィオとシロが帰ってきた。

「ねてる？」「わふぅ？」

「ああ、子魔狼たちはおやすみ中だよ」

そう言ったのだが、子魔狼たちは目を覚ます。

フィオとシロの匂いで起きたのだろう。

「わふ」

フィオとシロは起きた子魔狼たちを撫でたり、匂いを嗅いだりする。

子魔狼たちも「きゅんきゅん」と鳴きながら、フィオとシロに甘えていた。

そして、俺はフィオたちに子魔狼たちを任せて自分の毛布へと戻る。

ヒッポリアスとピイも一緒に俺についてきた。


すると、フィオが子魔狼たちを撫でながらこっちをじっと見る。

「どうした？　フィオ」

「わふ……。こまろ？」

「ん？」

「なまえ」

「……子魔狼たちに名前を付けたいのか？」

「そ」「わふ」

どうやら、シロもフィオと同意見のようだ。

「それはテイムしたいということか？　それともただ名前を付けたいだけ？」

「んー」「わふぅ」

フィオは悩んでいるが、シロはテイムしてやってほしいと言っている。

『きゅお。ていむしてあげて』

『ぴぃ～～。ぴいもさんせい』

ヒッポリアスもピイもテイム、つまり従魔にしてあげてほしいと言う。

「うーむ。だが、子魔狼はまだ赤ちゃんだからなぁ」

『きゅおー。ておどーるにていむされると、しあわせ』

『ぴいも！』

「ありがとうな、嬉（うれ）しいよ、ヒッポリアス。ピイ」

俺はヒッポリアスとピイを優しく撫でる。

ありがたいことに、そう言ってくれる魔獣は少なくないのだ。

テイマー冥利に尽きるというものである。

俺の魔力は魔獣にとって魅力的らしいので、それも関係しているのだろう。


そんなことを考えていると、フィオが言う。

「こまろ、ていむ！」

「フィオも子魔狼をテイムしてあげてほしいのか」

「わふ！」

「そうか……。うーむ。子魔狼たちはどう思う？　テイムされてもいいのか？」

「くぅーん」「くーん」

「ふむふむ」

「わぅ！」

俺は子魔狼たちから念入りに話を聞く。


どうやら、子魔狼たちもテイムされたいらしい。

「そうか……。ならば、俺とフィオ、どっちにテイムされたい？」

「くーん」「ぁぅ」

「ふむふむ。なるほど」

子魔狼たちは悩んでいるらしい。

だが、フィオが言う。

「こまろ！　ておどーるていむ！」

「フィオは俺がテイムした方がいいと思うのか？」

「おもう！」

フィオはそう言って深く頷いた。

18 子魔狼テイム

Hennaryu to moto yuusha party zatsuyougakari shintairiku de nonbiri slowlife

俺はフィオに目線を合わせて、頭を撫でた。

「シロと同じく、子魔狼たちもフィオがテイムした方がいいんじゃないか？」

「うーん。しろ、おおきい！」

「そうだな、それはそうかもしれないが……」

フィオは、子魔狼たちはまだ赤ちゃん。

だから、俺にテイムされた方がいいと考えているらしい。

子狼ではあるが、ある程度大きいシロと、子魔狼たちは違う。

「なるほどなぁ。だが、子魔狼たちもすぐ成長すると思うが……」

「わふぅ。ゆっくり」

フィオは子魔狼たちの成長は遅いと考えているようだ。

「確かに強い生物の方が成長が遅い傾向はあるが……」

鼠より猫、猫より獅子、獅子より象の方が繁殖可能になるまでの時間は長い。

鼠は三か月、猫は六か月だが、獅子は四、五年、象は十年以上だ。

象よりもずっと強い魔狼は、象よりも成獣になるまでの期間は長いのかもしれない。

「こまろ、しんぱい」

「そうか……。ならば、俺がテイムすることにしようか」

「わふ！　いい！」「わふぅ」

俺がテイムすると言ったので、フィオとシロは嬉しそうに尻尾を振る。

従魔になるということは保護下に入るということでもある。

だから、フィオとシロは安心したのだろう。

「子魔狼たちもそれでいいかい？」

「ぁぅぁぅ！」

どうやら、子魔狼たちもそれでいいらしい。


となると、次は名前を考えなければなるまい。

「名前、どんなのがいい？」

「わふぅー」「わぅ」「ぁぅ」

フィオもシロも子魔狼たちも悩んでいる。

「そうだなぁ。姉の名前がシロだからな。それに似た名前がいいかな」

「ぁぅ！」

俺は子魔狼三頭を順番に抱き上げて、よく観察した。

三頭とも恐らく同じ両親から生まれた兄妹もしくは姉弟だが、それぞれ細かな違いはある。

子魔狼たちの性別は、男の子が一頭、女の子が二頭だ。


「男の子は、他の子に比べてちょっと毛並みが黒いかな」

黒いといっても、比較的というだけである。

シロと子魔狼たちは、みんな毛並みは綺麗な銀色だ。

男の子は比較的黒めの銀色の毛並みをしている。

並べて比べてみたら黒っぽいことがよくわかった。

「男の子の名前はクロにしよう。いいかい？」

「わぅ！」

抱きかかえられたまま、男の子魔狼はびゅんびゅんと元気に尻尾を振っている。

とても嬉しそうで何よりだ。


「そしてこの子は……」

女の子二頭は、シロと同じぐらいの色味である。

色から名前を考えるのは難しい。

「うーむ……。フィオたちも何かいい名前の案はないか？」

「わふぅ～」『わぅ～』『きゅお～』『ぴぃ～」

みんなで考えたが、なかなかいい案が浮かばない。

「……ルルとロロはどうだろうか」

特に意味はない。音で考えた。

姉がシロで男の子がクロ。共通しているのはロで終わることだ。

だから、ロロにした。ルルの方は、ロロに似た響きということでそれにした。

適当すぎて、反対されるかと思ったが、

「わふぅ！　いい！」「わぅ！」「ぁぅぁぅ」

どうやら、フィオもシロも、そして肝心(かんじん)の子魔狼も賛成してくれた。

「じゃあ、ルルとロロだな」

「ゎぅ！」

名前も決まったので、次はいよいよテイムである。

「順番にテイムしていくからな。並んでくれ」

「わふ」「あぅ」「くーん」


子魔狼は三頭とも、俺の前にきちんとお座りして並ぶ。

そして、俺は右手に魔力を集める。

「我、テオドール・デュルケームが、汝(なんじ)にクロの名と魔力を与え、我が眷属(けんぞく)とせん」

『われくろ！　ておどーる・でゅるけーむのけんぞく！』

「我、テオドール・デュルケームが、汝にルルの名と魔力を与え、我が眷属とせん」

『われるる！　ておどーる・でゅるけーむのけんぞく！』

「我、テオドール・デュルケームが、汝にロロの名と魔力を与え、我が眷属とせん」

『われろろ！　ておどーる・でゅるけーむのけんぞく！』

順番に手早く三頭ともテイムしていく。


テイムの完了した子魔狼たちは「くんくん」と鳴きながら、嬉しそうにじゃれつきにくる。

「くろ、るる、ろろ！　げんきになた！」『わふぅ！』

フィオとシロも嬉しそうだ。

「俺の魔力が流れ込んだからだろうな」

「あうあう！」

子魔狼たちは、見違えるように元気になったように見える。

テイムの瞬間、俺と子魔狼たちの魔力回路がつながった。

そして、俺の魔力が子魔狼たちに流れ込んだのだ。

子魔狼たちは元気に俺にじゃれつき、俺の指を噛(か)んだりしている。


俺は撫でながら、子魔狼を改めて観察した。

「それにしても、だいぶ魔力を持っていかれたな」

「くーん？」

テイムした相手が強ければ強いほど魔力を持っていかれるのだ。

とても強いヒッポリアスをテイムしたときは半分近く魔力を持っていかれた。

子魔狼の場合、三頭合計で二割ほど持っていかれた。

「クロ、ルル、ロロは赤ちゃんなのにすごいな」

「わふ？」

「フィオはシロをテイムしたとき魔力をどのくらい持っていかれたんだ？」

「うーん」

そう言ってフィオは首をかしげていた。

シロもまだ子供だが、クロたちよりはだいぶ成長している。

シロならば子魔狼三頭分、つまり俺の魔力二割ぐらい持っていくだろう。

「はんぶん！」

どうやら、フィオは俺の四割ぐらいの魔力量のようだ。

それは、子供としては破格の魔力量である。

フィオのテイマー修行

俺はあまりに驚きすぎて、一瞬固まってしまった。

「……それはすごいな」

「ふぃお、つおい？」

「ああ強い。フィオはすごいテイマーになれるぞ」

「わふぅ！」

フィオは嬉しそうに尻尾を振っている。

俺みたいに他のスキルも持っていれば、その分野でも活躍できるだろう。


「魔法を教わってみてもいいかもしれないな」

「まほ？」

「魔法を使えるかも素質次第だがな」

「わふ～ぅ？」

フィオは魔法をよく知らないのだろう。

俺が教えてあげられればいいのだが、俺は魔導師ではない。

今度、魔法の使える冒険者に色々と聞いてみてもいいかもしれない。


そんな会話をしている間も、子魔狼たちは俺にじゃれついていた。

今俺はフィオたちの毛布の上に胡坐をかいて座っている。

そんな俺の足の上に、子魔狼たちは「ぁぅぁぅ」と鳴きながら一生懸命登ってくるのだ。

とても可愛い。

「よしよし。魔力をあげようなー」

「わぅわふ」

「はい、クロ、ルル、ロロ。魔力だぞー」

「わふぅ！」

子魔狼たちは喜んでくれた。


「ヒッポリアスとピイにもあげよう」

「きゅおー」「ぴぃ！」

俺がそうやって、従魔たちに魔力を与えていると、

「てお！」

「どうした？　フィオ」

「まりょくやりかた！　どする？」

「従魔、というかシロに魔力を与える方法を知りたいんだな」

「そ」

テイムスキルについてならば、俺でも教えられる。

とはいえ、感覚的な要素が多く、言語化するのはとても難しい。


「慣れるまでは、少し難しいんだが」

「ふんふん」

「まず、シロとのつながりを感じるんだ」

「ふん？　ふんふん」

「そのつながりに魔力を流す感じで」

「まりぉく」

「そうか、フィオは魔力を自由に動かすところから練習した方がいいか」


俺はフィオに自分なりの魔力の操り方を教える。

あくまでも俺はテイム、鑑定、製作スキル持ちであって、魔導師ではない。

だから正統派魔導師の魔力操作の方法は教えることはできない。

だが、テイマーならば俺のやり方でもなんとかなるはずだ。

俺は細かくやり方を教えていく。

フィオは飲み込みが早いようだった。やはり天才かもしれない。

「……そうそれが魔力だ。それを意識して動かせるようになればいい」

「わふん？　わふわふん！」

フィオは真剣な表情で頑張っている。

シロはそんなフィオを優しく見守っていた。

「慣れが必要なことだからな。ゆっくり練習すればいい」

「わふ！　できた」

「ん？」

「まりぉく！　あげた！」

そう言って、フィオはふんふん鼻息を荒くしてドヤ顔している。

だが、さすがに早すぎるのではなかろうか。教え始めてから三十分も経っていない。

俺はシロの頭を撫でながら様子を見た。

「シロ、どうだ？」

「わふう！」

シロはぶんぶんと勢いよく尻尾を振っている。

そして、シロが言うには、ちゃんと魔力をもらえたとのことだ。

「そうか。魔力をもらえたのか。フィオはすごいな」

「すごい？」

「ああ。すごいぞ」

本当にすごい。才能の塊だ。まさに天才である。

俺はフィオを褒めまくって頭を撫でまくった。

フィオは尻尾を振って喜んでくれる。

フィオだけでなく、シロやクロたちも尻尾を振って嬉しそうにはしゃいでいた。


それから俺は子供たちを寝かせることにした。

クロたち赤ちゃん魔狼だけでなく、フィオもシロも、そしてヒッポリアスも子供。

そして、子供にとって睡眠は大切なのだ。

「そろそろ寝るぞー」

俺は自分の毛布に横になる。

すると、いつものようにヒッポリアスとピイがそばに寄り添ってくれた。

クロたちも俺のそばに駆け寄ってきて、俺の体によじ登ろうとする。

「どうした、クロ、ルル、ロロ」

「わぅ！」

クロたちは尻尾を振りまくっている。

従魔になったから、俺と一緒に眠りたいということだろうか。

「クロ、ルル、ロロも早く寝なさい」

「くーん」

とりあえず、俺はクロたちを寝かしつけるために優しく撫でる。

「わふうわふぅ！」

すると、少し離れているフィオたちの毛布を、シロが口で咥えてこっちに運んできた。

フィオもシロを手伝っている。

「フィオとシロもクロたちと一緒に寝たいのか？」

「そ」「わふ！」

毛布を俺の毛布にくっつけると、フィオたちは横になる。

フィオもクロたちを撫でて、シロは舐めていた。

しばらく撫でていると、クロたちは眠りにつく。

そして、その後、少し経つとフィオとシロ、ピイも眠った。

一方、ヒッポリアスは、

「ふんふん」

床に顎をつけて、俺に寄ってくる。

「ヒッポリアスも甘えたいのかな？」

『あまえたい』

思ったよりはっきりとヒッポリアスは言った。

「そうか。甘えてくれていいんだがな……」

『きゅお。ひっぽりあすもそいねしたい』

「うーん。ヒッポリアスは大きいからなぁ」

「きゅぉ……」

ヒッポリアスは見るからにしょんぼりしていて、かわいそうになる。

だから、俺は撫でまくった。

「ついでに魔力もあげよう」

「きゅお」

ヒッポリアスにはさっき魔力をあげたばかりだ。

だが、いつもヒッポリアスは頑張っているのでご褒美である。

俺が魔力を与えると、ヒッポリアスは安らかに寝息を立て始めた。

俺は眠っている子供たちを見ながら考える。

ヒッポリアスは強くてもまだまだ子供。

遊んであげる時間を増やした方がいいかもしれない。

「明日にでも、時間を見つけて温泉に連れていってあげようかな」

「……きゅぉ〜きぅぉ〜」

安らかに眠るヒッポリアスを見ながら、俺も眠りについたのだった。

20 小さくなったヒッポリアス

Hennaryu to moto yuusha party zatsuyougakari shintairiku de nonbiri slowlife

次の日の朝。俺は顔を舐められて目を覚ました。

胸の上や顔の周囲に小さな生きものが沢山いる。

「くーんくーん」『きゅーん』『きゅーおきゅーお」

「クロ、ロロ、ルルか。起こしてくれてあり……ん？」

「きゅお？」

クロたちと一緒に見たことのない生きものが俺の顔をべろべろ舐めていた。

尻尾を除いた大きさは〇・五メトルほどで中型犬ぐらい。

ちょうどクロたちと同じぐらいの大きさだ。

そして、ヒッポリアスにそっくりだった。


「…………えっと」

「きゅ？」

「もしかして、ヒッポリアス、小さくなった？」

『なった！』

「どうやったの？」

『わかんない！　きゅお！』

そう言って、ヒッポリアスは嬉しそうに顔をべろべろ舐めてくる。

「……ふむ？」

体の大きさを変えられる魔獣は、珍しいが存在する。

ヒッポリアスもそういう能力を持っていたということだろう。

『きゅお！　ずっといっしょ！』

そう言って、ヒッポリアスは尻尾をぶんぶんと振る。

昨日、体の大きさが小さければ、一緒に寝られるというようなことは言った。

体の大きさを変化させるのは、スキルのようなもの。

つまり先天的な能力だ。

だからスキルと同様に本人は、目覚めるまで能力を持っていることに気づけないのだろう。

そして、スキルと同様に、いつ目覚めるかもわからない。

「ヒッポリアス、寝ている間に気づいたら小さくなっていたのか？」

『んー。ちいさくなりたかった！』

「ふむ。小さくなりたいと強く願って、目覚めたら小さくなっていたと」

『そう！』

「ヒッポリアス。大きくもなれるのか？」

『なれる！　なってみる！』

そう言って、ヒッポリアスが巨大化しようとする。

「ちょっと待て、今大きくなったら俺が潰されてしまう」

『そっかー』

「少し離れて大きくなってくれ」

『わかった！』


ヒッポリアスは俺から少し離れると、「きゅおぉぉ」と言いながら元の大きさに戻った。

「おお。すごいな」

「わふぅ、すごい」『わぅ」

フィオもシロも感心していた。

「きゅぅお～」

ヒッポリアスはすぐに小さな姿に戻ると、また俺の体の上に乗って顔を舐め始める。

よほど甘えたかったに違いない。

ヒッポリアスはその巨体ゆえに、抱っこしてもらうこともできなかったのだ。

「よーしよしよし」

「きゅぅきゅぅ」

俺が全身を撫(な)でまくると、ヒッポリアスも嬉しそうに尻尾を振りながら鳴く。

ヒッポリアスが口を開けるので、俺は口の中に手を入れた。

カバと同じく、海カバも口の中を撫でられるのが好きなのだ。

思う存分ヒッポリアスと戯(たわむ)れていると、クロたちが『おなかすいた！』と鳴き始めた。

だから、皆で朝ご飯を食べにいくことにした。


俺たちがかまどの方へと歩いていくと冒険者たちがざわめく。

「おお⁉　ヒッポリアスか？」

「竜とは聞いていたが、小さくもなれたんだな」

俺に抱かれた小さいヒッポリアスを見て、皆驚愕(きょうがく)しているようだ。


「ヒ、ヒッポリアス！　小さくなったのか！」

魔獣学者のケリーがものすごい勢いで駆けてくる。

「さ、触(さわ)ってもいいか？」

「きゅ？」

ケリーは返事を聞く前に、触り始める。

「ふむふむ？　ふむふむふむ」

「きゅお～」

ヒッポリアスは気持ちよさそうに鳴く。

ケリーはやはり獣を撫でるのがうまいらしい。


皆で朝ご飯を食べたあと、俺はヴィクトルたちの様子を見にいく。

ヒッポリアスを抱っこし、子魔狼たちを引き連れてである。

やはり小さなヒッポリアスの姿は皆を驚かせた。

一応経緯を軽く説明してから病状を尋ねる。

どうやら皆順調に回復しているようだ。

一番元気なヴィクトルは明日にでも活動を再開できそうなぐらいだ。


病舎訪問を済ませると、俺はかまどの方へと向かう。

昨日採集した山菜を、かまどの近くにいた冒険者たちに手渡すためだ。

「昨日、金属採集のついでに、食べられる植物を集めてきたんだ」

「ほう？　それはいい！」

冒険者たちは目を輝かせる。

肉ばかり食べているので、植物に飢えているのだろう。

「……味はわからないがな。毒はない」

「とてもまずかろうが、飢え死にするよりはましだろうさ」

「ちげえねえ！」「ガハハハハ！」

冒険者たちは楽しそうに笑うと、相談を開始する。

どうやら冒険者たちは山菜がおいしく食べられるか、色々試してくれるらしい。

「すまないな。助かるよ」

「いやいや、自分たちのためだからな！」

「ああ、テオさんがお礼を言う必要はないさ」

「こっちがお礼を言うべきところだよ！」

そんなことを言ってくれる。

俺は冒険者たちに山菜調理の試作を任せると、各戸へのトイレ設置を進めることにした。

21 下水設備を整えよう

Hennaryu to moto yuusha party zatsuyougakari
shintairiku de nonbiri slowlife

俺は魔法の鞄から金属のインゴットを取り出す。

そして、木や石などの他の材料も資材置き場から運んでくる。

「トイレ自体は簡単だ。問題は配管だよな」

俺は拠点全体を流れる上下水道網をイメージする。

「ついでに配管が凍らなくなる仕組みも考えておこう」

ヴィクトルの熱湯を作り出す魔道具を利用して、温水を流せばいけそうだ。

加えて、配管自体の断熱効果を高めておこう。

熱伝導率の低い木で配管を包めばましになるはずだ。

「木が腐らないようにしないとな」

木をそのまま地中に埋めれば水分であっという間に腐ってしまう。

しかも土の中には木を食べる虫なども沢山いる。

「虫対策は虫除けの香を混ぜ込めばいいが……」

湿気対策はどうすればいいだろうか。

俺はしばらく考える。

「……石英を加工したもので覆っておくか」

失敗したら、その時に改良すればいいだろう。

「ついでに上水の配管も各戸に巡らせておこう」

家で顔を洗えると便利だ。夜中に喉が渇いたときもすごく助かるはずだ。


構想が固まったので、俺はイメージ固めに入る。

地面に胡坐をかいて座り、目を瞑って思考を深くしていく。

「わふ?」「わぅわぅ?」「わーぅ」

クロ、ルル、ロロが遊んでもらえると思ったのか、俺の足の上に乗り始めた。

集中が乱れるので、大人しくするよう頼もうと思ったのだが、

「……」「……わふ」

フィオとシロが静かに弟妹たちを遠ざけてくれた。

「わぅ?」

「……わふ」

「きゅーん」「きゅおー」

クロたちが「どうして?」と聞いて、シロが「邪魔したらだめ」と教えている。

どうやらヒッポリアスもフィオに甘えているようだった。

今朝からヒッポリアスはますます甘えん坊になったように感じる。

体が小さくなって思う存分甘えられるようになったからだろうか。

そんな子供たちをフィオとシロが相手してくれる。頼りになる姉たちだ。


俺はフィオとシロに子供たちの世話を任せると、イメージ固めに集中する。

製作を施す範囲が広いので、拠点を十の区画に分けて考えていく。

「さて、いくか」

そして製作スキルを発動。指定した区画の製作物を一気に作る。

地下の配管の配備、凍結防止処理から地上のトイレまで一気にだ。

それを十回ほど繰り返した。

各戸へトイレと上水設備を配備して、各配管の凍結防止処理をしていくのだ。


「よし、これで終わりだ」

「きゅんきゅん」「きゅおー」

終わったと言った瞬間。クロたちとヒッポリアスがじゃれつきにくる。

だから順番に撫でまくった。

「フィオとシロもありがとうな」

「わふぅ」

フィオとシロにもお礼を言って頭を撫でる。

ちなみにピイは俺の肩の上でずっとフルフルしていた。作業中もである。

ピイの振動は心地よく、集中の妨げにもならないのだ。

「ピィ、肩を揉んでくれてありがとう」

『ぴい！　ておどーる！　みずがあふれる！』

「……ああ、そうだったな。忘れていたよ。ありがとう」

ピイが教えてくれたのは、スライムたちが入っている下水槽。

それらの出口をまだ作っていないということだった。

あと二、三日放置したら、あふれてしまうことだろう。

「急いで排水の機構を作ろう」

『ぴぃ！　それがいい！』


俺はすぐに下水槽へと向かう。

子供たちはみんなついてきてくれた。

下水槽に到着すると、俺は中を覗き込む。

「スライムたちは元気にしているかな？」

スライムたちは水の中にぷかぷか浮いていた。

テイムスキルで意思を読み取ってみようとしたが、どうやらみんな眠っているらしい。

「起こしても悪いな。なるべく静かに作業しよう」

「わかた」

真面目（まじめ）な表情でフィオはうんうんと頷（うなず）く。シロは無言で尻尾（しっぽ）を振っていた。

俺は作業を始める前に、水に鑑定スキルをかけてみる。

「すごいな。普通に飲めるほど綺麗な水だ」

「ぴぃ」

褒（ほ）めるとピイは嬉（うれ）しそうに鳴きながらフルフルする。


俺はスライムたちを起こさないよう静かに作業を始めた。

まず下水槽の下部に穴を開けて、開閉可能な堰（せき）を取り付けなければならない。

それに排出した水を流す管も取り付けなければなるまい。

「穴は最後に開けた方がいいな」

俺は構造の簡単な排出した水を流すものから作る。

外部にあるので、何かあったときにも交換や修理がしやすい部分だ。

耐久性は高いに越したことはないが、さほど重要でもない。

断面を上部が開いたコの字状にする。

上部を開けておけば、冬季に凍結し破裂することがないからだ。

「素材は石でいいか」

俺は石を魔法の鞄から取り出して、イメージを固めて一気に製作スキルを発動させる。

水路の先は河原まで伸ばしておいた。

「次は堰だな。堰の素材も石でいいかな」

ヒッポリアスが石を沢山集めてくれたおかげで石材には余裕があるのだ。

穴開け予定の場所に、ぴったりと取り付けるのがよいだろう。

水漏れしないように、隙間ができないように作らなければならない。

開閉するための機構も作る必要がある。

ハンドルと歯車を組み合わせて、あまり力を入れなくても開閉できるようにする。

構造をしっかり考えた後、具体的で精確なイメージを固める。

そして製作スキルで一気に作り上げた。

山菜を食べよう

Hennaryu to moto yuusha party zatsuyougakari shintairiku de nonbiri slowlife

一番複雑な構造の堰が完成したので、あとは簡単である。

「これで下水槽に穴を開ければ完成だ」

大きな穴を開ければ、スライムが流れてしまう。

だから幅〇・〇三メトルほどの格子状に穴を開けていく。

製作スキルを使えば、そういうことも簡単にできるのだ。


すべてが終わったので、問題なくちゃんと動くかどうか、確かめることにする。

俺はハンドルを動かし、堰を開けて水を実際に流してみた。

「うむ。問題なく完成したようだな」

俺が満足していると、

「「ぴぃぴぃぴぃ」」

下水槽の中にいるスライムたちが鳴き始めた。

水を流したことで起こしてしまったのだろう。

「あ、すまない」

俺は慌てて堰を閉じる。


そして、下水槽の中のスライムを覗きにいく。

「「ぴぃぴぃぴぃ」」

スライムたちは元気に鳴いている。

「起こしてしまったな。大丈夫か？」

『ぴぃ～、みんなだいじょうぶ！』

俺の肩に乗ったまま、ピイが教えてくれた。

「そうか。それならよかったが……。スライムは無事か？」

安全には充分配慮して色々設計した。

だが、何か見落としなどがあるかもしれない。そう考えてピイに尋ねる。

『だいじょうぶ！　みんなみずがながれてたのしいって！』

そういうことなら問題ないだろう。下水槽の排水部分の処理が完成した。


俺は改めて下水槽を覗き込む。

水位は少しだけ下がっている。スライムたちは楽しそうにバチャバチャしていた。

「ピイ。水はいったん全部抜いた方がいいのか？　ある程度残した方がいいか？」

『すこしだけあったほうがいい！　ぴぃ～』

水が沢山あれば、あとで下水が流れてきたときに薄まってしまう。

スライムにとって薄い下水は、やはり味はいまいちなのだ。

とはいえ、完全に水がないのも困る。

スライムは乾燥に弱いわけではない。

乾燥どころか炎にあぶられても大したダメージにはならないぐらいだ。

だが、好き嫌いで言えば、湿っぽい場所の方を好む。


「ピイ、これから水を抜いていくから、水位を見ていてくれないか？」

『ぴい！　わかった』

「ちょうどよくなったら教えてほしい」

「ぴぃぃ！」

ピイは下水槽の上でピョンピョンと跳びはねる。

「じゃあ、水を抜き始めるぞ」

「ぴい！」

そして俺はハンドルを回して堰を開ける。

すると下水槽の中のスライムたちが「ぴぃぴぃ」と楽しそうに鳴き始めた。

しばらく水を抜くと、ピイが声を上げる。

『ちょうどいぃい！』

「わかった」

ピイの声に従って、俺は堰を閉める。

そして下水槽の中を覗いて水位を確かめた。深さは〇・〇五メトルほど。

「結構浅くても、いいんだな」

『いい！』

どうやら、スライム的にはもっと浅くても深くてもいいらしい。

〇・〇二から〇・一メトルぐらいがちょうどいい範囲のようだ。


下水槽の処理が終わったので、次はトイレの便槽も同様の処理をしておく。

トイレの方もスライムたちのおかげで飲めるほど綺麗な水に変わっていた。

本当にスライムたちには頭が下がる。


一通り作業を終えて、魔獣たちを撫でまくっていると、

『おなかへった』『ごはんごはん！』『ごはん！』

クロ、ルル、ロロがそう鳴き始めた。

クロたちは俺の足にまとわりついている。

特にクロは動きが激しい。俺の服を噛んで引っ張っている。

「クロ。服を噛んだらだめだぞ」

「わぅ～」

噛むのをやめたので撫でて褒める。


「さて、お昼ご飯を食べにいこうな」

「わふわふぅ！」

みんなでかまどのある場所へと向かう。

「食堂兼炊事場も作った方がいいな」

「きゅお？」

「大丈夫。ありがとう、ヒッポリアス。資材はまだ足りてるよ」

「きゅお～」

「午後は食堂兼炊事場を整えようか」


そんなことを話していると、あっという間に炊事場に到着する。

そこには、いつもの肉料理とは別に山菜料理が沢山並んでいた。

「おお、山菜料理をこんなに作ってくれたのか？」

「試作品って奴だ。テオさん、どうぞ食べてみてくれ」

「ああ。だが、その前にクロたちにご飯をあげてからな」

子供たちにご飯を配膳してから、俺は一番近い山菜料理を口に運ぶ。

「………ふむ、これは」

「な、テオさん、まずいだろう?」

「まずいな。渋みがすごいな。体には悪くはないんだが」

むしろ健康にはよさそうな成分である。

だが、ひたすらまずい。


「これでもだいぶましになったんだ。最初なんて吐いたからな」

「確かにこれは吐くほどではない。飢え死にするぐらいなら食べられる」

「俺もテオさんと同意見だ。食えるものがあるってのはそれだけで幸せだ」

ベテラン冒険者がしみじみとそう言った。

きっと昔飢え死にしかけたことがあるに違いない。

長い間、冒険者をやっていると、飢え死にしかけることは珍しくはない。

俺も五回ぐらいある。


「まあ、他にも山菜はあるからな」

そう言って、他の料理も食べてみる。

どれもこれも、非常にまずかった。

「テオさんが最初に食べたのが一番ましだろう？」

「……確かにな。調理法を工夫すればなんとかなるか？」

「どうだろうなぁ」

「わふ」

そのとき、フィオが期待のこもった目で、こちらを見ていることに気がついた。

食堂を作ろう

フィオは山菜料理を見ながら、尻尾を振っている。

「どうした？　フィオも食べたいのか？」

「たべる！」

「聞いていたと思うが、おいしくはないぞ？」

「たべる！」

「そうか。食べたいなら止めはしないが、最初は少しだけにしなさい」

「わかた！」

そう言って、フィオは山菜をむしゃむしゃと食べ始めた。

「おい、大丈夫か？」

「わむわむわむ」

結構な量の山菜を次から次へと食べていく。

「お、おい！　大丈夫か？」

冒険者たちも心配そうに声を上げる。

もしかしたら、フィオは食事の好みが俺たちとは違うのだろうか。

いや、そもそも味覚自体が違う可能性もある。

「フィオ。もしかして、おいしいのか？」

「まずい！」

「……そうか。そうだよな」

「わむわむ」

「無理して食べなくていいんだよ？」

「わふ？」

フィオは右手に肉、左手に山菜を持って交互に食べている。

「そうか。フィオはシロと一緒に食事に困る日々を送っていたから……」

フィオとシロが拠点の残飯漁りにきたことで、俺たちは出会ったのだ。

群れが魔熊モドキにやられてからは常に飢えていたのだろう。

だから、好き嫌いとかがないのかもしれない。

フィオは全種類の山菜料理をぱくぱくと食べると、水をごくごく飲んだ。

「まずい！」

「そうだな、だが、食べるものがなかったらこれを食べるしかない」

「わふぅ～。しろ、わふ」

「わう」

何やらフィオはシロと会話する。

そして、話がまとまったのか、こちらを見て言う。

「うまい、くさ。ある！」

「本当か？」

「ほんと！」『わふ！』

人間であるフィオだけでなく、魔狼であるシロまでうまいと鳴いている。

これは期待できる。

「どの辺りに生えているんだ？」

「わふぅ〜。おふろ、ちかく！」

「あの天然温泉の近くか」

「そ！」


天然温泉は魔熊モドキを倒し、クロたちを保護した場所だ。

つまり魔熊モドキの縄張りだったところである。

フィオとシロは、当然入れなかったのだ。

「なるほど。午後は食堂を整備したあと、それを採りにいこうか」

「いく！」

おいしい食材は皆欲しているのだ。

俺もおいしい山菜を久しぶりに食べたい気分だ。

「ヒッポリアス。午後は大きくなってついてきてもらえるかな？」

『きゅお、わかった！』

その後、残ったまずい山菜料理は全部ヒッポリアスが食べてくれた。

『うまい』

「……そうか。いっぱい食べていいよ」

「きゅる〜」

ヒッポリアスは雑草もおいしく食べられるぐらいだ。

まずい山菜だって、おいしく食べられても何の不思議もない。

昼ご飯を食べて、後片付けを終えたあと、俺は食堂の建設作業に入る。

冒険者たちには、食堂を建てる予定のかまど付近から離れてもらった。

「さて、食堂とはいえ、炊事場でもあるからな……」

かまどだけでなく、まな板や鍋といった調理器具も用意しておこう。

食堂にはテーブルと椅子も必要だ。

「材料はほとんど木材だな。あとは金属」

『ておどーる。きをあつめてくる？』

ヒッポリアスが作業を申し出てくれた。

木材にはまだ余裕がある。とはいえ、潤沢（じゅんたく）というほどではない。

それに木材はいろんな用途に使うのだ。燃料としても必要だ。

「そうだな。ヒッポリアス、頼めるか？　今日の分はあるが……燃料にも使うからな」

『わかった！　きゅる～』

すぐにヒッポリアスは元の大きさに戻ると、拠点の外に向かって走っていった。


ヒッポリアスを見送って、俺は作業を再開する。

食堂は炊事場を含めた建物を建築してから、家具と調理器具を作ればいいだろう。

建物自体は宿舎などと大差ない。材料を並べて製作スキルで一気に建築していく。

「建築が終われば次は家具と調理器具だな」

テーブルも椅子も鍋もまな板も構造は単純だ。

製作スキルがあれば、作ることは難しくない。

「……ついでに燻製器（くんせいき）も作っておくか」

魔法の鞄（マジックバッグ）があるので、生肉の保存は比較的しやすい状況だ。

だから、保存食としての肉の燻製づくりは必須ではない。

とはいえ、燻製はうまいので、それなりに大きな燻製器を作っておく。

すべての作業は三十分ほどで完了した。


「おお、相変わらずテオさんはすげーな！」

「これで雨の日も快適にご飯を食べることができるよ！」

「調理も楽になるな！　燻製も作ってみたいもんだ！」

「テーブルと椅子もいいな。酒盛りがしやすくなるぜ」

冒険者たちも喜んでくれた。

椅子に座ってみたりして、感触を確かめている。

「喜んでもらえてよかったよ」


俺が完成した食堂から外に出ると、ヒッポリアスが戻ってきていた。

『ておどろーる、き、あつめた！』

「ありがとう。ヒッポリアス。助かるよ」

俺はヒッポリアスと一緒に資材置き場に向かう。

ヒッポリアスは十本の大きな木を資材置き場に並べてくれていた。

24 おいしい山菜を採りに行こう

俺はヒッポリアスをワシワシと撫でる。

「すごいぞ、ヒッポリアス。とても助かる」

「きゅっきゅお〜」

ヒッポリアスは嬉しそうに尻尾を振って、俺に体を押しつけてくる。

小さいヒッポリアスも可愛いが、巨大なヒッポリアスも可愛らしい。

体が大きい分、撫でがいもある。


冒険者たちも資材置き場に並べられた木を見て感心している。

「ヒッポリアスも相変わらずすげーな」

「こんなに立派な木を十本なんて、俺たちだけなら数日かかるぞ」

「切り倒すだけならともかく、運ぶのも大変だからな」

そう言って、冒険者たちもヒッポリアスに感謝している。

「きゅおきゅお！」

ヒッポリアスも嬉しそうで何よりである。

「枝打ちとか、あとの処理はこっちでやっておくよ！」

「ありがとうな！」

ということだったので、俺は作業を冒険者に任せて山菜採集へと向かうことにした。

「ヒッポリアスとフィオ、シロにはついてきてもらうが……ピイはどうする？」

『ついてく！　ぴぃ～』

ピイは俺の肩の上に乗ったままぶるぶるした。

もう俺の肩の上はピイの指定席のようになっている。

ピイは重たくないし、適度に肩を揉んでくれるので、俺としても非常に助かっている。

「クロ、ロロ、ルルはどうする？」

『いく！　いく！』「わぅ」『いっしょ』


クロはいつも元気だ。

言葉だけでなく、後ろ足で立って両前足を俺の足に乗せて尻尾を振りまくる。

ロロは言語ではなく、吠えてついていくと伝えてきた。

子魔狼たちのなかでは一番大人しいのがロロだ。

ルルは俺を見上げて、尻尾をビュンビュン振っている。

「じゃあ、みんなも一緒に行こうか」

「わふ！」

「とはいえ、クロたちはついてこられないよな」

「わぅわぅ！」「ゎぅ」「わふぅわふぅ」

本人（狼）たちは「ついていける！」と主張しているが、絶対無理だ。

それでも、中型犬ぐらいある三頭のクロたちを抱（かか）えて走るのは少し大変だ。

「……ふむ、そうだな」


俺は魔法の鞄（マジックバッグ）から布や木を取り出す。

そして製作スキルを使って、体の前でぶら下げられる籠（かご）を作った。

それから俺はクロたちを抱っこして、籠の中に入れた。

中型犬三頭分だ。それなりに重い。


『ておどーる、ひっぽりあすのせなかにのる？』

「うーん。……運動不足になるから、走ろうかな」

『わかった！』

「帰りは多分乗せてもらうかも」

『きゅお！　つかれたらいって！』

この注文書に記入して、お近くの書店へお申し込みください。

書店印

書籍扱い（買切）

予約注文書

【書店様へ】お客様からの注文書を弊社、営業までご送付ください。

（FAX可：FAX番号03−5549−1211）

注文書の必着日は商品によって異なりますのでご注意ください。

お客様よりお預かりした個人情報は、予約集計のために使用し、それ以外の用途では使用いたしません。

2021年7月15日頃発売

GAノベル

魔女の旅々17
ドラマCD付き特装版

著	白石定規　イラスト　あずーる
ISBN	978-4-8156-0830-9
価格	2,970円
お客様締切	2021年5月14日（金）
弊社締切	2021年5月17日（月）
	部

2021年8月15日頃発売

GA文庫

友達の妹が俺にだけウザい8
ドラマCD付き特装版

著	三河ごーすと　イラスト　トマリ
ISBN	978-4-8156-1013-5
価格	2,640円
お客様締切	2021年6月10日（木）
弊社締切	2021年6月11日（金）
	部

住所　〒	
氏名	電話番号

特装版は書籍扱いの買取商品です。

返品はお受けできませんのでご注意ください。

新キャラ追加!!
7月15日頃発売!
魔女の旅々17
ドラマCD付き特装版
著●白石定規
イラスト●あずーる
大注目作の特装版が発売です!!
このチャンスを見逃すな!
アニメ化決定★
新キャラも登場!
8月15日頃発売!
友達の妹が
俺にだけウザい8
ドラマCD付き特装版
著●三河ごーすと
イラスト●トマリ

「ありがとうな。……フィオとシロもヒッポリアスに乗せてもらうか？」

「ふぃお、はしる！」『わふぅぅ！」

フィオとシロは自分の足で走りたいらしい。

狼にとって日々の散歩はとても重要である。だから走りたいのだろう。


「ヒッポリアス、フィオたちに合わせてくれ」

『わかった！』

「フィオも、シロも、疲れたらヒッポリアスに乗せてもらおうな」

「わかた！」『わふ！」

フィオとシロの返事は元気だ。

だが、シロはともかく、フィオはまだまだ子供。絶対体力は足りないはずだ。

きちんと様子を見てあげないといけないだろう。


準備が終わると、フィオとシロが走り出す。

それを追って俺が走ると、ヒッポリアスが俺に並走し始めた。

フィオもシロもなかなかの速さだ。

「フィオもシロも子供なのに結構速いんだな」

「わふぅ！」『わふ！」

フィオとシロは元気に尻尾を振って楽しそうに走っている。

「もちろん、ヒッポリアスが一番速いことは知っているよ」

俺は並走しているヒッポリアスのお腹の横を軽くパシパシと叩いた。

「きゅおぉ～」

ヒッポリアスは嬉しそうに鳴く。

ヒッポリアスも楽しそうに走っているようでよかった。

シロやフィオだけでなく、ヒッポリアスも走るのは好きなのだ。


「ヒッポリアスは、さっき木を沢山集めてくれたからな。疲れたら言ってくれ」

『だいじょうぶ！　ておどーるは？　つかれてない？』

「俺は全然大丈夫だよ」

『そっかー』

俺が食堂を作っていたから、ヒッポリアスは心配してくれたのだろう。

ヒッポリアスは、とても優しい海カバなのだ。


「フィオもシロも休憩しながらでいいからな」

「わかた」『わふ！』

たまに足を止めて匂いを嗅いだりしながら進んでいく。

シロは縄張りの主張もしっかりやっているようだ。

籠の中のクロたちも景色を楽しんでいた。

楽しい散歩といった感じで、みんなで走る。

籠の中の中型犬三頭分の重さのクロたちに加えて、俺の肩の上にはピイも乗っている。

さすがに少し疲れてしまう。

だが運動不足気味だったのでちょうどいい。


フィオもシロも、そして俺も息が少し上がり始めたころ、天然温泉に到着した。

「フィオ、シロ、おいしい山菜が生えているのはどの辺りだ？」

「あち！」『わふ！』

温泉のさらに向こうをフィオたちは指さした。

ヴィクトルたちに使った薬草を採集したのとはまた別の方向だ。

「一応、気をつけていこうか」

「わかた」『わふ』『きゅお！』


この辺りは魔熊モドキと遭遇した場所だ。

魔熊モドキがいればシロがすぐに気がつくから、さほど危なくはない。

とはいえ、警戒して進むに越したことはない。

俺もしっかりと気配を探りつつ、歩いていった。

25 キノコを採ろう

俺はフィオとシロの後をしばらくついていく。

「ここ！」「わふ！」

フィオとシロが案内してくれた場所には柔らかそうな山菜が生えていた。

俺が旧大陸で見たことのあるおいしい山菜にそっくりだ。

念には念を入れて、鑑定スキルを発動させる。

毒もない。ちゃんと食べられる山菜だ。

「うん、ちゃんと食べられる。それに見た目もおいしそうだな」

今まで俺が採集した山菜は、山菜と言うよりも食べられる野草と言った方が正確だ。

「わふぅ！」

フィオが尻尾をぶんぶんと振る。そして、ぱくりと食べた。

シロもがふがふ食べながら「わふぅ」と鳴いて尻尾を振っている。

「お、おい。生で食べるのか？」

「はむはむはむ。うまい」

「そうか。うまいか」

確かにフィオとシロは「おいしい山菜」があると言っていた。

魔狼(まろう)たちがいくら賢(かしこ)いとはいえ、調理できるわけがない。

フィオたちも当然、生で食べていたのだ。


「てお。たべる」

「じゃあ、俺もいただこうかな」

俺も生で食べた。みずみずしくて山菜とは思えないぐらいうまい。

「生野菜……キャベツに似た味だな」

「うまい！」

「……ひーん」「ゎぅ」「ぴぃ」

甘えた声を籠(かご)の中のクロたちが出し始めた。

クロたちも「食べたい」と主張しているのだ。

「クロ、ロロ、ルルも食べるか？」


俺がキャベツに似た山菜をクロたちの鼻先に持っていくと、パクパク食べ始めた。

「おいしいか？」

「……わふぅ？」

クロたちは「まずいとは言わないけど、肉の方がおいしいよね？」と言っている。

「まあ魔狼は基本的には肉食だもんな」

『きゅお。うまい』

ヒッポリアスも少しだけ味見して気に入ったようだ。

だが、ヒッポリアスは雑草（ざっそう）もおいしく食べられる種族である。

「今までの山菜とどっちがおいしい？」

『どっちもうまい』

「そうか。ピイも食べるか？」

『おなかいっぱい』

「そうか。とりあえず沢山（たくさん）採集しておこう」


俺は半分ぐらい採集する。沢山生えているので充分な量がある。

「この山菜を食べられてないということは、この辺り（あた）には猪（いのしし）とかいないのか？」

「いる」

フィオは即答した。

「わふ」

そしてフィオの言葉をシロが補足してくれる。

どうやら魔猪も猪もいるが、魔狼の縄張りだったのでさほど多くはなかった。

猪の繁殖力と魔狼が食べる速さが釣り合っていたということだ。

魔狼が追い出されてからも、魔熊モドキがこの辺りにはいた。

だから猪は増えなかったのだろう。

「これから何もしなければどんどん増えるのかもしれないな」

「わふぅ！」

シロが自分が狩るから大丈夫と言ってくれる。

だが、シロ一頭では難しかろう。


『きゅお！　ひっぽりあすもがんばる！』

「ありがとうな」

ヒッポリアスも狩ってくれるなら生態系は維持できそうだ。

「ておてお！」

「どうした？」

「もとある」

「もっと生えている場所があるのか？」

「ちが！」

フィオはぶんぶんと大げさに首を振る。

どうやら違う種類の山菜があるらしい。

「よし、フィオ、シロ。その場所まで案内してくれ」

「わかた！」「わふ！」

フィオとシロは元気に走り出す。

その後をついてしばらく走ると、フィオとシロは足を止める。

「ここ！」「わふぅ！」

「これは……キノコか」

「きのこ！」「わう！」

キノコはただでさえ毒を持つものが多い。

おいしいキノコと見た目がそっくりなのに致命的な毒を持つものも少なくない。

食べられるキノコの中でも、生でそのまま食べられるものはほとんどないのだ。

「念入りに鑑定しよう。食べるのは待ってくれ」

「わかた！」「わふ」

フィオとシロはクンクン匂(にお)いを嗅(か)いでいるが、口にはしない。

「偉いな」

「わふ！」「はっはっはっ！」

俺はフィオとシロの頭を撫でて、キノコの鑑定を開始する。

「……ふむ。毒ではないな。だが生では食べない方がいいかもしれない」

「やく！」『わ～う！」

「……ほほう。群れの成狼が炎のブレスで調理してくれてたのか」

「わふ！」

意外にもシロたちの種族は調理するという概念があったらしい。

「すごいな、魔狼たちが調理までしていたとは……」

感心する俺に、フィオとシロが自慢げに教えてくれる。

「これ！　このくさ！」『わぅわーう」

「なるほど、この葉っぱで包んでから炎のブレスをかけるとうまいのか」

「わ～ふ！」

恐らく蒸し焼きにして楽しんでいたのだろう。

まったくもって予想外だ。ここまで賢いとは。

旧大陸の魔狼と比べても、はるかに賢い。

「そうか。そういえば、フィオに服も作っていたぐらいだもんな」

「わふぅ」

シロたちの種族には、どうやら道具の概念も調理の概念もあったらしい。

「本当にシロたちはすごいな」

「わふ」

「じゃあ、これは蒸し焼きにして食べてみようか」

「わふぅ！」


俺はフィオとシロに教えてもらった植物の葉っぱでキノコを包んだ。

それから薪を並べて焚火をおこした。

焚火の中央辺りに置いて待つ。

「三十分ぐらい待った方がいいよな」

「わぅ～」

シロが言うには、群れで調理したときはもっと早かったらしい。

恐らく炎ブレスの火力調節がうまかったからだろう。

「この方法だと少し時間をかけた方がいいな」

「わ～ふ」

そんなことを話していると、何者かがこっそり近づいてきていることに気がついた。

新大陸二人目

俺が何者かの気配に気がついたということは、当然シロもヒッポリアスも気づいている。

フィオとピイはまだ気づいていなさそうだ。

俺は気配にまだ気づいていないふりをすることにした。

「……ということで、この大きな葉っぱは色々使えるからもう少し集めておこうか」

「ふぃおも！」「ワウ」

フィオは無邪気で元気な返事だが、シロの返事からは少し緊張が伝わってきた。

俺が気づいていないふりをしていることに、シロは気づいて合わせてくれているのだ。

そしてヒッポリアスは、わざとらしくあくびをしていた。

これは気づいていない演技をしてくれているのだろう。

だが、尻尾が不自然に上向きに伸びている。明らかに変だ。


「フィオもシロもありがとうな。助かるよ」

「わふぅ！」「…………」

葉っぱを集めながら、蒸し焼きの完成を待つ。

すると、近づいてきた気配は俺たちの後方の木陰で止まった。

どうやらこちらの様子をうかがっているらしい。


「キノコの蒸し焼きはもう少しかかりそうだな」

「わふぅ！」

「……」

「わう？」

シロが大人しいので、フィオは不審に思ったようだ。

「ふむふむ」

「…………」

「わふ！」


近くに誰かがいるとシロから説明されたらしくフィオはきょろきょろし始めた。

フィオの動きが怪しすぎる。

こうなったら、こちらが気づいていることを相手にも悟られてしまうだろう。

一応テイムスキルも発動しつつ、語り掛けることにした。

「……そこにいる奴。何か用か？」

「――――ッ！」

「安心してくれ。危害は加えるつもりはない。だから、姿を見せてくれ」

「ホ、ホントウ？」


テイムスキルは通じていない。それでも、はっきりと言葉が返ってきた。

俺たちとは発音やイントネーションは異なるとはいえ、言葉はしっかりと通じている。

そして、言葉が通じるということは、言語神の加護の下にいるということ。

つまり、人族ということである。


「ああ。本当だ。何か問題があるなら話し合おう。理不尽なことは言わないつもりだ」

「……ワカッタ。ホントウにランボウはシナイ？」

「もちろんだ。約束しよう」

俺がそう言うと、物陰からその人族が出てきた。

「……ふむ」


その人族は初めて見る人種だった。

服は粗末（そまつ）だがちゃんとしている。貫頭衣（かんとうい）という奴だ。

身長は子供ぐらい。一・二メトルほどで獣耳（けものみみ）と尻尾が生えている。

そして顔は犬そのものだし、服で隠れていない手足や首までモフモフだ。

一目見た印象は、二足歩行の犬である。

太めの尻尾はしっかりと股の間に挟まっている。

おそらく怯えているのだろう。


「ひ〜、ひーん」『わふわふ』『ふぃ〜』

その人物が近づいてくると、クロたちが騒ぎ出す。

警戒しているのでも怯えているのでもない。喜んでいるようだ。

明らかに甘えた声を出している。

「ミンナ……。ゲンキナノ？」

「ふぃぅ〜」

「……ヨカッタ」

クロたちが元気な様子を見て、その変わった人族は安心したようだった。

「クロたちと知り合いなのか？」

「クロ？」

「この子たちのことをクロ、ロロ、ルルと名付けたんだ」

「ソウダッタンダ。ウン。シリアイ」

『ごはんくれた！』『おいしい！』『くぅーん」

「ふむ？」

『えっとねえっとね』

クロたちがテイムスキルを通じて教えてくれる。

どうやら魔熊モドキに捕まったクロたちの世話をしていたのがこの人族らしい。


「ボクもツカマッタ」

「魔熊モドキにか？」

「マクマモドキ？」

「クロたちをいじめていた魔物のことだ」

「アイツはマクマモドキとイウンダ。ハジメテシッタ」

「……ああ、ちょっと熊っぽいから、そう俺が名付けただけなんだ」

「ソウナノ？」

「アイツは本当はなんて種族なんだ？」

「シラナイ。ダケド、アクマってヨンデタ」

「……確かに、あれは悪魔だな」

「ウン」

話をするうえで、名前を聞いておかないと色々不便である。

俺は人族に自己紹介することにした。

「名前を教えてくれないか？　俺はテオドールという。テオと呼んでくれ」

「テオ、ヨロシク。ボクはイジェ」

それから俺はイジェに、みんなのことを紹介する。

フィオとシロ、ヒッポリアスにピイのことも忘れずにだ。

ピイはどうやら眠たいらしい。

紹介を済ませたら服の中に入れて休ませておく。


「イジェは魔熊モドキの子分だったのか？」

「チガウ」

そう言って、イジェは首をフルフルと振る。

「アレは……。ユキがトケハジメタコロ……。アクマにツカマッタ」

「ほほう」

イジェとその仲間たちはこの辺りで平和に暮らしていたのだという。

魔狼たちと争うこともなく、共存していたようだ。

「縄張り争いはなかったんだな」

「イジェタチ、クサタベル。ニクもタベルけど。クサをタクサンタベル」

「そうか。魔狼たちは草も食べるが、主に肉を食べるからな」

肉食寄りの雑食と草食寄りの雑食。

好みの餌が違うから争わずに済んだのだろう。

「ソレニ、ドチラもオオカミダカラ」

「……イジェは狼だったのか」

犬だと思ったのだが、狼だったらしい。

「ウン」

「イジェの仲間たちはどうしたんだ？」

そう尋ねると、イジェは悲しそうな表情になった。

27 イジェの事情

イジェの尻尾は元気なく垂れさがっている。

「アクマにヤラレタ」

「悪魔っていうと魔熊モドキにか……」

魔狼の群れがやられる前に、イジェの集落が襲われていたようだ。

「イキノコッタのボクだけ」

「そうだったのか」

イジェはどう見ても戦闘力が高そうには見えない。

強力な魔狼の群れですらやられたのだ。イジェたちが勝てないのも無理はない。


「イジェはアクマにツカマッテ、イジメラレテタ」

クロたちと同じような目に遭っていたのかもしれない。

「ゴハンをツクラサレタリ、ソウジサセラレタリもシタ」

「家事全般か」

「ソウ」

どうやら魔熊モドキに捕まった後、鎖につながれて家事をさせられていたらしい。

食事も満足に与えられず、雑草を口にして飢えに堪えていたようだ。


「よく生き延びることができたな」

「アクマのゴハンもツクラサレタからヌスミグイ」

「なるほどな」

「アクマ、スグナグル……」

「それは辛かったな」

「ウン。ツラカッタ」

クロたちが捕まってからは、クロたちの世話も仕事に加わったとのことだ。

「クロタチのゴハンも……マトモナノがナカッタから……」

魔熊モドキのご飯を何とかちょろまかして、自分とクロたちの食を補っていたようだ。


それで、やっと一つの疑問点が腑に落ちた。

俺は魔熊モドキの元でクロたちがどうやって生き延びたのか気になっていたのだ。

どう見ても、魔熊モドキが子狼を世話するように思えなかったからだ。

クロたちが生き延びることができた理由はイジェが世話をしていたからだろう。

「クロ。ロロ、ルル。カワイイ」

「わふぅ」

イジェはクロたちを優しく撫でる。

イジェも辛い日々をクロたちを世話することで癒されていたようだ。


「アクマ、クロたちをツレテデテイッテ、カエッテコナカッタ」

「それで逃げてきたのか？」

「ソウ。クサリをキルノにジカンがカカッタ」

そう言って、イジェは右の足首をさする。右足首にはまだ鉄の輪がついていた。

詳しく尋ねると道具を使い、二日の時間をかけて、やっとちぎったのだという。

そして魔熊モドキに見つからないように移動していたら、俺たちに気づいたらしい。


「魔熊モドキは、倒したから安心してくれ」

「タオシタ？　ホント？」

「本当だよ。安心してくれ」

「クロタチがイルカラ……」

クロたちがここにいるから、魔熊モドキに何かがあったとイジェも思っているようだ。

「デモ、アクマはツヨイ。スゴクツヨイ」

だが、魔熊モドキが強いことをイジェは知っているので、倒されたことが信じられないのだろう。

「このヒッポリアスは魔熊モドキより強いんだよ」

「きゅお！」

ヒッポリアスが自慢げに尻尾を振る。

「ホントウ？」

「ああ。魔石でも見るか？」

俺は魔熊モドキの死骸から取った魔石をイジェに見せた。

「……フワァ」

イジェは目を見開いて驚いた。

そして、魔熊モドキが倒されたことを理解したらしい。

「スゴイ！　スゴイ！」「わふうわふう！」

魔熊モドキが倒されたと聞いて、イジェは安心したようだった。

イジェの喜びっぷりは激しかった。

イジェが喜んでいることが嬉しいのか、クロたちも一緒になって喜んでいた。

それから俺は魔熊モドキについてイジェに尋ねる。

「この辺りに魔熊モドキ、つまり悪魔は、一匹しかいないのか？」

「……ウン。イッピキしかミテナイ」

魔熊モドキは一匹しかいないようだ。それは朗報だ。

特別変異の特殊な個体だったかもしれない。

クロたちからも、魔熊モドキに仲間がいるとは聞いていない。

少なくともこの近くには、魔熊モドキの仲間はいないのだろう。

「まあ、もし魔熊モドキ、イジェの言う悪魔が来たら、退治すればいいな」

「タイジ……デキルノ？」

「悪魔と同じぐらいの強さならさほど怖くはないよ」

本当は少し怖いが、イジェやクロたちを怖がらせないようにこう言っておく。

「……テオ、スゴイ」

「すごいのはヒッポリアスだぞ」

『きゅお！　ておどーるのほうがすごい！』

そう言いながら、ヒッポリアスは尻尾をぶんぶんと振る。

そんなことを話している間に、蒸し焼きにしていたキノコからいい匂いが漂ってくる。

「そろそろ、キノコも食べられそうかな。イジェもどうだ？」

「イイの？」

「もちろんだ」

俺は燃える薪の上から棒を使って、キノコをくるんだ葉っぱを取り出した。

そして、葉っぱを開く。

蒸し焼きになったキノコから湯気が上がる。

「わふぅ！　じゅる」

フィオはふんふんとキノコの匂いを嗅ぐ。

よだれがこぼれている。随分とフィオはキノコが好きなようだ。

「きゅっきゅ！」

ヒッポリアスもふんふんとキノコの匂いを嗅ぐと、小さくなった。

「フワアアア!!　チイサくナッタ」

「きゅお～」

小さくなったヒッポリアスを見て、イジェは腰を抜かす。


「ああ、イジェ。ヒッポリアスは小さくもなれるんだ。高位の竜だからな」

「ドラゴン、……スゴイ」

「それはそれとして、ヒッポリアス、どうしたんだ？　急に小さくなって」

『ちいさいほうが、きのこがおおきい』

「なるほど。ヒッポリアスは賢いな」

「きゅっきゅ！」


体が小さい方が、相対的にキノコは大きくなる。

沢山、キノコを楽しめるということだ。


早速、フィオがキノコを食べようとするのでひとまず止める。

「食べるのはちょっと待て。一応鑑定スキルをかけておこう」

「わかた！」

蒸し焼き済みのキノコに鑑定スキルを丁寧にかける。

「うん、大丈夫だ。毒もないし、お腹を壊すことはないだろう」

「わほい！」


俺は鞄からお皿を出して、キノコを配っていく。

シロの前にもお皿を置いてキノコを載せる。

「イジェも食べてくれ」

「アリガト……」

イジェはなぜか少し困惑気味だ。

食べものをもらうことが少なかったのかもしれない。

「塩ならあるぞ。好みに合わせて振ってくれ」

「ふぃお、しおふる‼」

フィオはそのまま一口食べてから、塩を振る。

そしてパクパク食べ始めた。

「しおふたほがうまい！」

そう言って、フィオは尻尾をぶんぶんと振った。

28 キノコを食べよう

Hennaryu to moto yuusha party zatsuyougakari shintairiku de nonbiri slowlife

俺は嬉しそうにしているフィオの頭を撫でる。

「そうだな、塩を振ると、一気にうまくなるよな」

「きゅお！」

「ヒッポリアスも塩を振ってほしいのか？」

「きゅ～～お」

俺が塩を振ると、ヒッポリアスもパクパク食べる。

『うまい！』

「それならよかった。シロはどうする？」

「わふ」

「そうか、じゃあ少しかけような」


野生の狼の主食は生肉だ。当然だが狼は血抜きをしない。

それゆえ生肉には血が大量に含まれている。そして血液の塩分濃度は中々高い。

だから、生肉を食べている限り塩分は不足しない。

しかし、俺たちと暮らすようになると、血抜きした肉ばかり食べることになる。

まったく塩を摂らないと不足してしまう。

塩分の摂りすぎはよくないが、適度な塩分は狼にも必要なのだ。


俺が塩を振ると、シロはおいしそうに食べる。

「わむわむ」

「シロは、塩を振ったのと、振らないの、どっちが好みなんだ？」

「わふ～う」

どうやら、シロはどっちも同じくらい好きらしい。


俺もキノコを食べてみた。まずは塩をかけずに食べる。

「意外とうまいな」

「ぴぃー」「……わふぅ」「くぅー」

クロたちが食べたいとアピールしてくる。

だから、俺の分のキノコを少しちぎって、クロたちの口に入れていった。

「わむわむわむ」

クロたちも嬉しそうに尻尾を振っている。クロたちの口にも合ったのだろう。

それから俺はキノコに塩を振る。

「ふむ。塩を振るとさらにうまくなるな」

『たべる！』『るるも』「わふわふ！」

クロたちも塩つきが食べたいというので食べさせる。

「クロ、ルル、ロロは小さいから、少しずつだからな」

「わむわむ！」


そんなことをしていると、キノコを食べ終わったイジェがおずおずと言う。

「……アノ」

「どうした？　イジェ。おかわり食べるか？」

イジェは魔熊モドキの巣から鎖をちぎって何とか逃げてきたばかり。

食事も満足に取れていなかったはずだ。空腹に違いない。

「オカワリ、シテイイの？」

「もちろんだ」

そう言って、俺はイジェのお皿にキノコを載せる。

イジェは塩も振らずにパクパク食べる。

よほどお腹が空いていたのだろう。

「もっと食べたいなら追加で焼こう」

俺はもっと食べたいとイジェは言うと思ったのだが、

「ツギもコノママヤクの？」

イジェが首をかしげながら言う。

「そうだが、塩とか使ってもいいぞ」

「シオもダケド……。キノコ、イジェならモットオイシクデキル」

そう言ったイジェは自信がありそうだ。

おいしくできると聞いたフィオは、キノコを食べながらイジェを真剣な目で見つめる。

ヒッポリアスも興味津々（きょうみしんしん）といった様子だ。

「イジェ。おいしくできると言うのは？」

「リョウリスル。モットウマくナル」

「ほう。イジェはこのキノコのおいしい調理法を知っているのか」

「シッテル」

「そういうことなら、もしよかったら調理してくれないか？」

「ワカッタ。デモ、ドウグがナイ」

「調理器具か。何が必要なんだ？」

イジェが必要な調理器具を教えてくれる。どれも極々当たり前の調理器具だ。

そのほとんどは魔法の鞄(マジックバッグ)に入っている。

俺が今持っていない調理器具も拠点に戻ればあるものばかりだ。

「アト……。チョウミリョウがホシイ」

「塩以外のってことだよな？」

「ソウ」

確かに調味料を使えば、味は格段によくなる。

「拠点に戻れば色々と調味料はあるのだが、今手持ちにあるのは塩と胡椒(こしょう)ぐらいだな」

「ウーン。イジェのムラにイケバアル」

「イジェの村か。今から行こうか？」

「……イク」

少しためらった後、イジェは頷(うなず)いた。

イジェの村は魔熊モドキに滅ぼされた。戻るのが少し怖(こわ)いのだろう。

「なんだったら、場所さえ教えてくれれば俺だけで取りにいってくるが……」

「……ダイジョウブ」

「無理はするなよ」

「アリガト。ホントにダイジョブ」

「やっぱり嫌ってなったらいつでも言ってくれ」

「ワカッタ」

蒸し焼き(むしやき)し終えたキノコを全部食べてから、イジェの村に向かうことになった。

「イジェ。キノコ以外にも肉とかもあるが、食べないか？」

「イイノ？」

「もちろんだ」

「アリガト」

お腹が空いているはずのイジェの皿に、鞄から肉を取り出して載せた。

焼きたての肉を魔法の鞄に入れておいたものだ。

状態保存の効果もあるので、肉は焼きたての状態だ。

「好きなだけ食べていいぞ」

「……アリガトアリガト」

そう言って、イジェはパクパクと肉を食べた。


ついでに俺はクロたちにも肉を細かく切って、食べさせる。

クロたちは、まだまだ赤ちゃんなのでこまめにご飯をあげた方がいいのだ。

その間に、俺はキノコの採集を済ませておく。

毒がないだけでなく、おいしいと判明したからには、沢山採っておくべきだ。

フィオにも手伝ってもらって、それなりの量を採集できた。

採集が終わったころには、イジェやクロたちも肉を食べ終わっている。

そして、俺たちはイジェの村に向かって移動を開始した。

ヒッポリアスはわざわざ大きくなってから、ついてきてくれる。

「イジェたちの村は遠いのか？」

「トオクナイ」

その言葉の通り、十分ほど歩くと、イジェの村が見えてきた。

29 イジェの村

イジェたちの村、いや村の跡地には十軒ほどの小さい建物があった。

どの建物も木と藁を組み合わせて作られている。

イジェは建物を見て、悲しそうにつぶやく。

「……ボロボロ」

「人がいなくなると、建物は一気に荒廃するからな……」

十軒のうちの五軒は、倒壊している。

それは恐らく魔熊モドキが暴れたせいだろう。

それだけでなく、倒壊していない五軒も、かなり荒れ果てていた。

村の中にはいたるところに草が生い茂っている。


村が魔熊モドキに襲われたのは、雪解けのころだという。

俺には新大陸の雪解けの時期がいつごろなのか細かいことはわからない。

だが、今は夏なので、恐らく三、四か月ぐらい前だろうか。

三か月も放置されれば、村も建物も荒れるものだ。

「チョウミリョウ。ブジかな。サガシテクる」

「わかった。気をつけてくれ」

イジェが無事な建物の中に入っていくのを見送ってから、俺は村の中に遺骸がないか探す。

幸か不幸か、イジェの仲間の遺骸はなかった。

魔熊モドキに食べられたのか、他の肉食獣に食べられたのかはわからない。

どちらにしろ遺骸を見ずに済むのは、今のイジェにとってはいいことかもしれない。

イジェはその間、すべての建物を回っていた。


一通り全部の建物を回ってから、イジェは俺たちのところに戻ってくる。

「チョウミリョウ、アッタ」

イジェに協力して無事だった調味料を集めて回った。

保存状態のよい調味料は樽五つ分あった。

「結構な量があるんだな」

「ウン。ミンナでツクッテタ」

「調味料を、村のみんなで作っていたのか?」

「ソウ」

イジェたちの食文化は中々進んでいたようだ。

「コノチョウミリョウ、ゼンブ、テオにアゲル」

「いいのか？」

「イイ」

それからイジェはもう一度建物を回り始めた。

鞄を持ち出して、使えそうな色々なものを入れているようだった。

俺もイジェから受け取った調味料の樽を魔法の鞄に入れていると、

「てお、てお！」

フィオが俺の手を引っ張った。

「どうしたんだ、フィオ」

「たべれるくさあった！」『わふ！」

フィオとシロは嬉しそうに、尻尾を振ってはしゃいでいる。

「食べられる草っていうと、山菜か？」

「そ！」『わっふぅ！」

俺たちはみんなでフィオの見つけた山菜の方へと移動した。

イジェもついてきてくれる。

「これ！」『わふ！」

フィオとシロが尻尾を振って教えてくれる。

そこには、荒れ放題の畑があった。

かなり広い畑だ。周囲には柵があったようだが壊れている。

「これは、山菜ではないよ」

「ちがうの？」「わふぅ？」

「違うな。これは野菜だ。イジェたちが栽培してたんだろう？」

「ウン。コレをウエテスグ、アクマにオソワレた」

雪解けと同時に種植えするタイプの野菜だったのだろう。

「……ホウチシテタカラ、ゼンゼンソダッテナイ」

イジェは寂しそうにつぶやく。


「……そうか」

「イマナッテイルブン、シュウカクシタイ」

「手伝おう」「ふぃおも！」

「アリガト」

手分けして、畑の収穫を手伝う。

放置されていたせいで、雑草が生えまくっている。

雑草の中に、野菜があるといった感じだ。

「……チイサイ」

収穫しながら、イジェは野菜類が大きく育っていないことを嘆く。

「草取りも間引きも、虫取りなんかもできなかったら、仕方ないよ」

「……ウン。ワカル」

わかっていても悲しいものは悲しい。

そのイジェの気持ちはよくわかる。きっと大切に育てた畑なのだ。

「テオ。ハタケ、ナイ？」

イジェは、俺たちは畑で野菜を作っていないのか聞いてきた。

イジェの言葉はフィオと同じで、俺たちの感覚では少しおかしいところがある。

だが、脳内で補えば意味はわかる。

俺はテイムスキルで、魔物の意思を読み取り続けてきた。

イジェやフィオの違和感のある言葉を読み取ることなど、俺にとっては造作もないことなのだ。


だから、俺は丁寧にイジェに言葉を返す。

「俺たちは、畑をまだ作れていないんだよ」

「ソウカ」

イジェはどこか寂しそうな表情になった。尻尾にも元気を感じない。

「だが、ちょうど今仲間たちが作ろうとしているところだ」

ヴィクトルの畑づくり計画は食中毒のせいで遅れてはいる。

だが、もうすぐ畑づくり計画は再開するだろう。


「ソウナノ？　イジェ、テオにワタシタイモノアル」

「渡したいもの？」

「キテ」

俺たちがついていくと、イジェは、また建物に入っていく。

そして、袋を持って出てきた。

「コレ。タネ。アゲル」

「いいのか？」

「イイ。チョットマッテテ」

さらに建物を回ると、イジェは鍬(くわ)などの農具を持って出てくる。

「コレもアゲル。サビテルケド……」

錆(さ)びているのは、しばらく手入れされていなかったからだろう。

錆は、手入れすればどうとでもなる。

「すごく助かるが、本当にいいのか？」

「イイ。ミンナシンジャッタ。ムラオワリ。ハタケもオワリ」

イジェは本当に寂しそうに言う。

かわいそうに思ったのか、シロとヒッポリアスがイジェをベロベロ舐めていた。

「キレイナドウグもアッタ。ダケド……。アクマがスにモッテッタ」

「巣っていうと、イジェが捕まってた場所のことか？」

「ソウ。キラキラシテイルのはアクマがモッテッタ」

「そうだったのか」

イジェの言うキラキラしているというのは錆びていないという意味だ。

つまり、ここに残されたのは古い道具ということ。

新しい道具類は全部魔熊モドキの巣にあるに違いない。

「イジエ。充分だよ。これだけあればすごく助かる、ありがとうな」

「ウウン。……イジェ。アクマのスにトリイッテクル。マッテテ」

イジェは勇気を振り絞るようにして、そう言った。

30 魔熊モドキの巣

Hennaryu to moto yuusha party zatsuyougakari shintairiku de nonbiri slowlife

魔熊モドキの巣から、イジェは逃げてきたばかりだ。

魔熊モドキが死んだと知っても、その巣に戻るのはイジェにとって怖いことのはず。

「イジェ。無理はするな」

「ダイジョウブ」

「道具が手に入るのは嬉しいが、俺たちが取りにいけばいいんだし……」

「イジェ。トリイク」

イジェの意志は固いようだ。


「なぜそこまで……」

「イジェ。トリタイモノがアル。ドウグはツイデ」

イジェは魔熊モドキから取り戻したい何かがあるのだ。

そして、それはイジェにとって、よほど大切なものなのだろう。

「なら一緒に行こう。万が一魔熊モドキの仲間がいても、俺たちなら倒せるしな」

「……アリガト」

俺たちは魔熊モドキの巣に向かうイジェの後ろをついていく。

ちなみに今はクロとロロは俺が抱っこして、ルルはフィオが抱っこしている状態だ。

歩きながら、俺はクロとロロ、ルルに尋ねた。

「クロ、ロロ、ルル。シロとフィオと一緒に待ってるか？」

魔熊モドキの巣は、クロたちにとっても怖い場所なのは間違いない。

「ワフ！」「……わぅ」『まってる』

「ふむ」


クロは怖くないと力強く吠えたあと、俺の顔をべろべろ舐めた。

自分でしっかりと魔熊モドキの巣を見て安全を確認しようとしているらしい。

だが尻尾は股の間に挟まっている。無理しているのは明白だ。

一方、ロロは心配そうに鳴き声を上げた。

言語化されていない鳴き声も俺のテイムスキルなら意味がわかる。

ロロは、クロが行くなら行くつもりのようだ。

ロロも怖がっているが、クロだけ行かせるのは、もっと心配らしい。

そしてルルは待っているとはっきり意思表示した。

ルルは自分が待っていると言えば、クロとロロも一緒に待つことになると考えたようだ。

三頭とも、それぞれの方法で互いのことを思いやっているようだ。

「クロ、ロロ、ルル。優しいな。でも怖いことは全部大人に任せておきなさい」

そう言って、順番に頭を撫でていく。

「フィオ、シロ。クロ、ロロ、ルルのことを頼めるか?」

「たのまれる」「わふ」

「イジェ。その巣の近くに来たら教えてくれ。クロ、ロロ、ルルを待機させるからな」

「ワカッタ」

しばらく進んで、イジェが止まった。

もう少しで魔熊モドキの巣だと言うので、フィオとシロにクロたちのことを任せる。

俺がフィオたちにクロとロロを渡すと、

「ひん……」「くぅ……」

クロとロロは鳴きながらプルプルと震えた。かわいそうになる。

「怖いことは何も起きないから、安心しなさい」

「あぅ」

「ヒッポリアスもここで待機しておいてくれ。何かあったら呼ぶから頼むな」

『わかった』

俺はヒッポリアスの背中にクロたちを抱えたフィオとシロを乗せる。

「ヒッポリアスの背中の上にいたら、安全だからな」

「ぁぅ」

クロたちはヒッポリアスの背中の上に乗ることで少し安心したようだ。

ヒッポリアスは強いから、その背中に乗ることで安心できるのだろう。


俺はクロたちを順にもう一度撫でてから、イジェと一緒に魔熊モドキの巣に向かう。

「なるべく急ごう」

「ウン。クロタチシンパイ」

少し歩くと、岩壁に大きめの横穴が開いているのが見えた。

「あの洞穴が巣なのか?」

「ソウ」

「自然の洞穴、なのだろうか……」

「ワカンナイ」


俺とイジェは二人で穴の中へと入る。

「中は広くて深いな」

「ウン。イジェもオクマデはハイッタコトナイ」

穴の中には、イジェがつながれていたであろう鎖がかあった。

他には貴金属や宝石、魔石の類が一か所に固められている。

そしてその近くには、イジェの言った通り綺麗な農具が置いてあった。


「……価値がわかっていたわけではなさそうだな」

「タブン、ソウ」

貴金属、宝石類と鉄の農具は価値が全く違う。

共通点はキラキラしているということだけ。

光りものを一か所に集めたといった感じである。

「魔熊モドキ――イジェの言い方だと悪魔か。悪魔はどの辺りで寝起きしてたんだ？」

「アクマはネナイ」

「寝ないのか？」

「ソウ。ネナイ」

生物ではないアンデッドなども眠らないと聞く。

魔熊モドキも生物ではないので眠らなくても不思議はない。

「悪魔も食事はしていたんだよな？」

「ウン。シテタ」

「……そうか」

眠らない魔熊モドキと暮らす生活は、どれほどのストレスだったろうか。

うとうとしていたら、気まぐれに蹴っ飛ばされたりされるのだろう。

想像しただけで、心が痛くなる。


そんなことを考えながら、俺は農具を回収する。

イジェはキラキラしたものが集まっている場所で何かを探し始めた。

「探しものがあるなら、俺も手伝おうか？」

「ダイジョブ。アリガト」

「そうか、手が必要ならいつでも言ってくれ」


その間に俺は、この穴自体を調べる。

「ふむ……この穴は人工的な、いや何者かに掘られてできたものだな」

掘ったのが人族かどうかはわからないが、何者かによって掘られた形跡があった。

だが、最近に掘られたものではない。百年、いや数百年前に掘られたようだ。

「何のために掘られたかが気になるな」

入り口周辺だけ掘られていたのならば、住居にするために掘った可能性が高くなる。

だが、この横穴は先が見えないぐらい奥まで掘られているのだ。

「普通に考えたら鉱石採掘のための坑道だろうか？」

俺は先日金属の鉱脈を見つけて採掘した。あの場所からは、少し距離はある。

だが、こちらにも鉱脈があって、昔採掘されていたとしても不思議はない。


「……鑑定スキルを、本気でかけてみるか」

俺は洞窟が掘られているその岩盤を中心に鑑定スキルをかける。

かなりの広範囲を一気に調べるためだ。

それなりに魔力を消費して、調査を進める。

坑道はかなり長い。最奥までは千メトル近い距離があった。

枝分かれも無数にあるようだ。

「ふむ。どうやら鉱物資源が豊富なようだな」

なぜこの坑道が放棄されたのかわからない。

そう思うぐらいには各種鉱石が、沢山埋蔵されていた。

今度、金属が必要になったら、ここに採掘しにくればいいだろう。

「この坑道を見つけられたのは、幸運だったな」

俺の調査が終わったころ、イジェに後ろから声をかけられた。

「テオ。オワッタ。アリガト」

「ちゃんと見つかったのか？」

「ウン。チャントアッタ」

集められていた光りものの奥深くに、目当てのものは埋まっていたようだ。

確かに見つけるのは中々大変そうだった。

魔熊モドキに怯えていたイジェが鎖を切った後、探さずに逃げ出したのも当然だ。

「……ヨカッタ」

イジェはしみじみとそう言って、見つけたものを大事そうに両手で抱きしめていた。

俺はイジェが手に持っているものを見る。

それはとても綺麗でキラキラした短剣だった。

キラキラしていたために、魔熊モドキのコレクションに加えられたのだろう。

そのおかげで捨てられることがなかったと考えることもできる。

「見事で立派な短剣だな」

「ウン。アリガト。イジェのトウサンからモラッタノ」

「そうか、見つかって本当によかったな」

大切な形見の短剣なのだ。

嫌な思い出のある魔熊モドキの巣であろうと取りにいきたいという気持ちはわかる。

「鞘はないのか？」

「……ナイ。アクマがステタ」

「……そうか」

やはり魔熊モドキはキラキラしていないものには興味がないようだ。

「イジェ。鞘を作ろうか？」

「ウレシイケド、……ツクレルの？」

「ああ、さほど難しくない。寸法を測るから、その短剣を貸してくれ」

「ワカッタ」

俺は短剣に鑑定スキルをかける。

刀身の長さや幅、ハバキの大きさなどを正確に把握した。

そして、俺は魔法の鞄から木材を取り出し、製作スキルで鞘を作った。

「テ、テオ、スゴイ」

「俺は製作スキル持ちなんだ」

「フェー」

感心して変な声を出しているイジェに鞘と短剣の両方を渡す。

「イジェ。使い心地を確かめてくれ」

「ウン」

イジェは鞘に短剣を納めたり抜いたりする。

そして傾けたりひっくり返したりして、自重で抜けないかとかをチェックする。

「テオ、アリガト！　スゴクイイ！」

「それならよかった」

「ウン、アリガト！　テオスゴイ！」

イジェは尻尾をぶんぶん振って喜んでくれた。


「改めて思ったのだが、イジェの短剣はすごく出来がいいな」

「テオ、ナイフ、クワシイの？」

短剣の大きさを鑑定スキルで測ったとき、頭に入ってきたのは寸法だけではない。

寸法に付随して、刀身の素材や製法なども頭に入ってきたのだ。

「俺は製作スキルだけでなく、鑑定スキルも持っているから、わかるんだ」

「テオ、スゴイ！」


イジェの短剣の素材は、オリハルコンとミスリルの合金だった。

素材となっている金属自体、非常に貴重なものだ。

そして、その合金を扱うにはとても高い加工技術を求められる。

だが、イジェの村を見る限り、高い金属加工技術があるようには思えなかった。

「イジェ。その短剣だが、先祖代々伝わっているものなのか？」

「ソウダとオモウ。……タブン」

イジェ自身、あまり確信はないらしい。

つまり、短剣を受け継いだとき、父から由来を教えてもらわなかったということだ。


「……イジェたちって、文字は使うのか？」

「モジ？」

「言葉を記録する技術なんだが……」

「ムムゥ？」

イジェは首をかしげている。

文字とは何か、文字を知らない人に説明するのは難しい。

俺は地面に指で「テオドール」と自分の名前を書いてみせる。

「エ？」

「絵と言うより記号——いや。そう、絵みたいなものだ」

「ソッカー」

文字を知らない者に、記号と言っても伝わるまい。

絵のようなものと言った方が伝わるだろう。

「文字ってのは、決められた絵で言葉を伝えたり記録するためのものなんだ」

「フムゥ？」

「イジェたちにはこういうのはないのか？」

「ナイ」

「そうか」

文字がないと昔のことを記録するのが難しくなる。

イジェたちがどういう経緯でここにいるのか。

オリハルコンとミスリル製の短剣はいつから伝わっているのか。

その理由や経緯などを、イジェが知らなくても仕方のないことだ。

イジェに聞いても歴史はわからないだろう。


「謎(なぞ)が深まったな」

「ソナノ？」

「そうだな。さて、他にも何か必要なものがあれば持っていくか」

「ウン」

「イジェは何か欲しいものはないのか？」

「ナベとかホシイケド……オモタイカラ」

「魔法の鞄があるから、重さは気にしなくていいぞ」

「まじっくばっぐ？」

「魔法で中の空間を大きくした鞄なんだ」

そう言って、俺は魔法の鞄に大きな農具などを適当に突っ込む。

二メトル近い長い柄の農具を、〇・五メトルほどの鞄に入れてみた。

農具がすっと入るのを見てイジェは目を見開いた。

「スゴイ！」

イジェは嬉しそうに鍋などを集める。

鍋も綺麗に磨かれたキラキラしたものばかりだ。

俺も一緒に魔法の鞄に色々詰め込みながらイジェに尋ねてみる。

「……イジェ。これからどうするんだ？」

「……ワカンナイ。ムラにモドルカナ」

イジェの村には誰もいない。

廃墟と化した建物と、雑草が生い茂る広場と道、荒廃した畑しかない。

そこに一人で暮らすのは寂しすぎる。

「もしよかったら、俺たちと一緒に暮らさないか？」

「…………イイノ？」

「いいぞ。住処（すみか）には余裕があるしな」

「ミンナのゴハンヘラナイ？」

「それも気にしなくていい。ヒッポリアスは狩りがうまいし、食料は不足していない」

「ホントにメイワクナイの？」

「ああ、迷惑ではないよ」

「アリガト。イッショにイク」

「よかった。みんなも喜ぶよ」

イジェが新たな仲間になってくれた。とても喜ばしいことだ。


「よしっ。ヒッポリアスたちも待っているし、手早く使えそうなものを回収しよう」

「ワカッタ」

俺とイジェは有用なものの回収を急ぐ。

鍋や農具などの道具を中心に集め終わった後、金銀財宝が残された。

「コレはドウスルノ？」

「金銀銅や白金か。俺たちが住んでいた大陸ではめちゃくちゃ高価なんだが……」

「ソウナンダ。キレイダモンネ」

新大陸では売ることはできないので貴金属としての価値はない。

「金銀の類も合金を作るときに役立つからな。一応回収しておこう」

「ワカッタ」

俺とイジェは手分けして貴金属を魔法の鞄に放り込んでいく。

貴金属をあらかた集め終わったとき、俺は別のものに気がついた。

「おや、魔石があるな」

魔石もキラキラしているので、魔熊モドキは集めていたに違いない。

31 魔石

Hennaryu to moto yuusha party zatsuyougakari shintairiku de nonbiri slowlife

イジェは魔石をつんつんと指でつつきながら、首をかしげる。

「コレ、マセキ?」

「うん。魔獣などの体内にある石だな」

魔石は貴金属の下、宝石類と一緒にまとめて置かれていた。

魔石の数は数十個あった。

恐らく魔熊モドキが倒した魔獣の魔石だろう。

魔石は魔獣だけでなく、濃厚な魔力を持つ者は体内に持っていることが多い。

生物ではないアンデッドや魔神の類(たぐい)も落とす。

魔熊モドキの体内にも魔石はあった。


「魔石は色々使えるから、回収しておこう」

「ワカッタ」

「だが、少し待ってくれ。一応鑑定スキルをかけておこう」

「ウン」

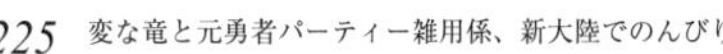

俺が気になったのは、シロたちの家族の魔石があるかもしれないということだ。

魔石は製作スキルの貴重な材料になる。

だが、シロたちの家族の魔石は形見だ。ただの材料にするわけにはいかない。


「……ふむ」

多種多様な魔石だ。

魔猪のような草食動物系魔獣の魔石や、魔熊のような肉食動物系魔獣の魔石もある。

「見事な魔石があるな」

その中でも特に綺麗で輝きの強い魔石がいくつかあった。

そのうちの一つを俺は手に取って、鑑定スキルをかけてみる。

「……これは魔狼の魔石だな。恐らくシロたちの家族の魔石だろう」

「カゾク？」

「ああ。シロやクロたちの家族は魔熊モドキにやられてしまったんだ」

「……ソッカ」

イジェの一族と同様に、シロの一族も魔熊モドキにやられている。

魔石の数は八個。ちょうどシロたちの家族の成狼の数と同じ。

ここに魔石があるということは、シロたちの家族はやはり全滅したのだ。

ほぼ確実に全滅しただろうとは思っていた。

だが、明らかな証拠品が出てしまうと、受け入れなければなるまい。


「シロとフィオにこの魔石を見せてもいいだろうか……」

シロとフィオは、しっかりしているがまだ子供なのだ。

親や兄姉など、家族の魔石を見るのは辛くないだろうか。

シロよりさらに幼いクロたちに見せるのは、より慎重になるべきだ。

「……ひとまず、大切に保管しておこう。シロたちには内緒だ」

「ワカッタ。ナイショ」


それ以外の魔石をどんどん魔法の鞄に放り込む。

シロの家族の魔石は、傷がつかないよう綺麗な布に丁寧にくるんでおいた。

魔石は非常に硬くて傷もつきにくいのだが、念のためだ。

「……さて、これも魔法の鞄に入れてと」

「わふ」

シロたちの家族の魔石を鞄にちょうど入れようとしたところで、声が聞こえた。

「……シロか。見にきてくれたのか」

「わぅ」

時間がかかったので、大丈夫か様子を見にきてくれたのだろう。

クロたちやフィオにはヒッポリアスがついているので安全だ。

「こっちの作業もちょうど終わったところだ。フィオたちのところに戻ろう」

俺は自然な仕草でシロたちの家族の魔石を魔法の鞄に入れようとしたのだが、

「ワウ」

シロに強めに吠えられてしまった。


「……この魔石に気づいていたか」

「わふ」

シロには匂いなどでわかるらしい。

気づかれたのなら、見せるしかない。

「シロ。これだ。確認してくれ」


俺はシロの前に布に包まれた魔石を置いた。

それをシロはクンクンと匂いを嗅いでいく。

「……ゎぅ、……わう、……ぅう。……ぅぅ、……ぁぅ」

シロは匂いを嗅ぎながら、悲しそうに鳴く。

家族の魔石だとシロにもわかったのだ。

「……シロ」

なんと声をかけていいかわからない。しゃがんでただ優しく体を撫でた。

すると、シロは
「うおおおおぉぉぉぉぉぉぉぉぉぉォぉ」

大きな声で長い長い遠吠えをした。

葬送と帰還

シロの遠吠えは坑道に反響する。隅々まで届いたことだろう。

すると、遠くからフィオとクロたちの遠吠えが聞こえてきた。

シロの遠吠えが聞こえたので、フィオたちも返事をしているのだ。


シロは遠吠えをやめると、外に出る。

そして、再び今度は空にむけて大きな遠吠えをした。

「うううおおおおおおおおおおおおおおおおおおおおおおおおおおおおおお」

森の隅々まで、そして遥か天まで届きそうな遠吠えだった。

それにもフィオやクロたちも、

「わうううううううううううううううううわうううううう」

遠吠えを返す。

フィオもクロたちも小さいのに一生懸命遠吠えしていた。

しばらくの間、シロたちは遠吠えした。

それが終わると、静けさが戻ってきた。

周囲には野生動物の気配も鳥の気配もない。

風にそよぐ草木の音と虫の声しか聞こえない。

魔狼の遠吠えに恐れをなして息をひそめているのだろう。

シロは俺のお腹に顔を突っ込んできた。

俺は無言でぎゅっとシロを抱きしめる。

シロはそのまま悲しそうに声を押し殺すようにしてしばらく鳴いた。

シロの遠吠えは、葬送の儀式なのだ。

哀悼の意を表し、死者を弔うための遠吠えだ。

それに、遠吠えに乗せて魂をきちんと天へ還すという意味もある。

だから、シロは坑道で遠吠えして追悼したあと、外に出て空に向けて遠吠えしたのだ。

その遠吠えの意味をフィオも、そしてクロたちも理解している。

フィオも、そしてクロ、ロロ、ルルも泣いていた。


しばらくして、落ち着いたシロに、俺は優しく撫でながら尋ねる。

「シロ。大丈夫か？」

「わふ」

「そうか、偉いな」

シロは大丈夫、心配かけたと力強く言っていた。

そんなシロをイジェが撫でる。

俺はシロを撫でながら尋ねた。

「シロ。この魔石はどうする？」

「……わうぅ」

シロも決めかねているようだ。

大事なもので、本当は肌身離さず身に着けておきたいのだ。

だが、シロは服を着ていないので、身に着けることは難しい。

「そうだな。首飾りに加工しようか？」

「わふ」

「大丈夫(だいじょうぶ)だよ。面倒ではない」

「わう」

「じゃあ、拠点に戻ったら首飾りにしよう」

「わふ」

シロはフィオやクロたちにも同じものを作ってほしいという。

「そうか。なるほど。それなら拠点に帰ったらみんなで相談しよう」

「わう」

「さて、フィオたちのところに戻ろうか」

「わふ」


俺たちはしばらく歩いて、ヒッポリアスたちが待っている場所まで戻った。

ヒッポリアスはぺたんと伏せた状態になり、その上にフィオとクロたちが乗っている。

「待たせた。大丈夫だったか？」

「だいじょぶ！」

『だいじょうぶ！』

フィオもヒッポリアスも大丈夫だとアピールしている。

「わふ」『……ぁぅ』『くーん」

クロたちは甘えてくる。

俺とイジェもヒッポリアスの背中の上に乗せてもらう。

そして、クロたちを撫でまくる。

「フィオ、クロ、ロロ、ルル。大丈夫か？」

「うん」

「ぴぃ」『……わふ』『ぅぁぅ」

フィオもクロたちも、シロが葬送の遠吠えを行ったことを知っている。

何を見つけて、シロが遠吠えしたのかも理解している。

魔狼の咆哮はただの音ではない。色々な意味が伝わる意思伝達手段でもあるのだ。

「てお。みせて」
「わかった」
俺はフィオたちに、一族の魔石を見せた。
フィオもクロたちも一生懸命、魔石の匂いを嗅ぐ。
悲しむと思ったのだが、フィオもクロたちも泣きはしない。
先ほど一緒に遠吠えしたときに覚悟を決めていたのだろう。
幼いというのにとても強い子たちだ。
俺はクロたちを優しく撫でた。
シロもヒッポリアスの背の上に登って、クロたちを優しく舐める。
フィオとクロたちが落ち着いた後、俺は魔石を丁寧に鞄にしまった。
それからヒッポリアスは拠点に向かって歩いていく。

その間、ずっと俺はクロたちを抱き上げて、撫で続けた。
気丈にふるまっているが、クロたちが悲しんでいるのは間違いないのだ。
しばらく経つと、クロたちが眠そうにあくびを始めた。
赤ちゃんなので眠くなるのは当然だ。

「クロ、ロロ、ルル、眠ってもいいよ」

「……わふ」

眠そうなクロたちをシロが優しく舐めている。

俺はクロたちを、服の内側に入れることにした。

俺の服の内側ではピイが眠っている。だからひと声かけておく。

「ピイ。頼むな」

「……ぴぃ」

ピイは一瞬起きてまた眠った。

そっとクロたちを服の中へと入れていく。少し重くなった。

「クロ、ロロ、ルルも眠っていいよ」

「……わう」

俺はクロたちを服の上から優しく撫でる。


移動中、俺は大切なことを伝え忘れていたことを思いだした。

「フィオ、ヒッポリアス。それにシロ。イジェも一緒に来てくれることになった」

「いじぇ、なかま！」

「きゅおー」『わふ』

フィオたちは歓迎してくれている。

「アリガト」

イジェも嬉（うれ）しそうで何よりだ。

33 拠点への帰還

しばらく進むと、シロはヒッポリアスの背から降りて、自分の足で走り始める。

狼だから走るのが好きなのだろう。

狼の場合、日々の散歩もかなりの距離を走る必要がある。


楽しそうに走るシロを見ながら、フィオが尋ねてきた。

「おいしいくさ、もうだいじょぶ？」

今回の遠出の目的は、元々おいしい山菜集めだ。

「山菜もキノコも結構手に入ったからな。大丈夫だ」

「よかた」

「それどころか金属やら道具も手に入ったからな。そのうえ新しい仲間まで増えた」

「すごい！」

「大収穫だな」

「だいしゅかく！」

「わふぅ！」

ヒッポリアスの隣を軽快に走っていたシロも嬉しそうに吠える。

先ほどは悲しそうに鳴いていたが、切り替えられたのかもしれない。

いや、フィオたちの手前、元気にふるまっているだけだろうか。

「シロも疲れたらいつでも言うんだぞ、一緒にヒッポリアスに乗せてもらおう」

『きゅお。のる？』

「わふわふぅ」

どうやら、シロは自分の足で走りたいとのこと。

思いっきり体を動かしたい気分なのかもしれない。

「そうか。シロ。好きなペースで走っていいよ」

『だいじょうぶ。しろがおもいっきりはしってもひっぽりあすちゃんとついてく』

「わふわふぅぅぅ」


シロは全力で走る。矢のように速い。

その後ろをヒッポリアスが追う。速いのだがあまり揺れない。

さすがはヒッポリアス、背の上に乗る俺たちのことを考えてくれているのだろう。

シロは拠点まで休まずに走った。

おかげで、あっという間に拠点に到着することができた。

ヒッポリアスは、ヒッポリアスの家の前で止まる。

『ついた』

「お疲れ様。ありがとうな」

俺たちがヒッポリアスの背から降りると、ヒッポリアスはすぐに小さくなった。

そんなヒッポリアスとシロの前に水をお皿に入れて置く。

「がふがふがふがふ」「わふわふわふわふ」

ヒッポリアスとシロは水を勢いよく飲む。

かなり走ったので、喉(のど)が渇(かわ)いたのだろう。

俺とフィオがヒッポリアスとシロを撫(な)でていると、クロたちが、

「きゅーんきゅーん」「……くぅー」「あぅ」

鳴いてもぞもぞ動きはじめた。

クロたちは充分眠ったので、今は遊びたいようだ。

一方、ピイはまだ眠っていた。スライムの睡眠時間は長いらしい。

俺はクロたちを服の内側から外に出す。

そして、クロたちの前にも水を置いた。

フィオとイジェにも水をコップに入れて手渡してから、俺も水を飲んだ。

「フィオとイジェも水を飲むといい」
「ありあと！」『アリガト』
全員で水を飲んで休憩する。

水を飲み終わったヒッポリアスは後ろ足で立って、俺の足に飛びついてくる。

「きゅおっ。きゅおっ」

「どうした。ヒッポリアス。疲れたのか？」

『きゅお！　つかれた！』

そう言ってヒッポリアスは口を開けて、尻尾を振る。

ヒッポリアスの力から考えて、このぐらいでは疲れたりはしないだろう。

つまりヒッポリアスは甘えたいのだ。


「そっか、疲れちゃったか」

「きゅおー」

俺はヒッポリアスを抱きかかえた。

嬉しそうに俺の顔を舐めてくる。

「さっきまで、ヒッポリアスには背中に乗せてもらったからな」

次は俺が抱っこしてあげる番である。

「きゅおー」

ヒッポリアスも嬉しそうで何よりだ。

「フィオ、シロ。クロたちを頼む」

「わかた」『わふ！』

「これはクロ、ロロ、ルルのおやつだ。お腹が空いていそうならあげてくれ」

「わかた！」

「フィオとシロの分もあるぞ」

「やた！」『わふぅ！』

フィオとシロは、クロたちを抱えるとヒッポリアスの家の中に入っていく。

しばらく、クロたちは室内でゆっくり遊ぶのがいいだろう。

「さて、イジェ。みんなに紹介しよう」

「ワカッタ。オネガイ」

俺はヒッポリアスを抱きかかえて、イジェとともにヴィクトルのいる病舎へと向かった。

34 ヴィクトルにイジェを紹介しよう

ヴィクトルは調査団のリーダーである。

拠点ができてからは、実質的な村長のようなもの。

やはり最初に、イジェのことはヴィクトルに紹介すべきだろう。

俺たちが病舎に向かって歩いている最中、ヒッポリアスはずっと嬉しそうだった。

元気に尻尾を振って、俺の顔を舐めてくる。

「きゅお～」

「よしよし、ヒッポリアスは可愛いなぁ」

「きゅっきゅ！」

大きくて強いが、ヒッポリアスは赤ちゃんカバ。いや赤ちゃん竜。

甘えたいときは甘えるべきなのだ。


病舎の前に到着すると、俺はイジェに言う。

「ここのリーダーは今病舎で寝ているんだ。先に紹介しておこう」

「ビョウシャ？」

「ああ。この前、毒のある木の実を食べてお腹を壊してな」

「……カワイソウ」

「薬が効いたから、もうほとんど元気になったよ」

「ソウナノカー」

俺がイジェを連れて病舎の中に入ると、真っ先にケリーが駆けつけてくる。

「その子は？　その子は一体？」

「仲間になってくれた人族のイジェだ」

「イジェ、イウ。……ヨロシク」

「イジェっていうのかい？　私はケリーだ。よろしく頼む」

そう言って、ケリーはイジェと握手した。

それから「耳とか触ってもいいかい？」とか尋ねながら触ろうとする。


俺はそんなケリーをイジェから引き離した。

「ケリー。落ち着け。まずヴィクトルたちに紹介しないといけないからな」

「おお、そうだな。すまない」

「それに、いきなりべたべた触ろうとするな。怯えさせかねないぞ」

「す、すまぬ。そうだな。気をつける」

ケリーは相変わらずだ。

そして俺は改めてヴィクトルたちの方へと向かう。

そのころには、ケリーが騒いだおかげで、皆がイジェに気づいていた。

ヴィクトル以外の食中毒で療養中の冒険者や、治癒術師も集まってきてくれている。


「話は聞こえていたと思うが、この子がイジェだ」

「イジェさん。歓迎しますよ。私はヴィクトルといいます」

ヴィクトルたちとイジェは、互いに自己紹介を済ませていく。

それが終わったのを確認して、俺はイジェの事情を説明し始める。

魔熊モドキに一族を滅ぼされたあと、捕まって捕虜になっていたことなどだ。

クロたちがお世話になっていたことも伝えておく。

「そうでしたか。それは大変でしたね」

「苦労したんだな……」

「クロたちの面倒を見てくれてありがとうな」

「ああ、歓迎するよ。仲間になってくれてありがとうな」

「ナカマシテクレテアリガト」

イジェはヴィクトルたちに仲間として認めてもらえた。

一安心である。

俺はイジェからもらった農具や種子、それに調味料があることも伝えた。

それにもみんな喜んでくれた。

一通り報告が終わったので、次は相談だ。

「ところで、ヴィクトル。イジェの部屋なんだが……」

「そういえば、空き部屋はありませんでしたね」

今ある住居用建物は、冒険者用の宿舎五軒にヒッポリアスの家だ。

冒険者用の宿舎は一軒あたり個室四つである。

つまり、二十人分だ。

調査団の構成はヴィクトルと十五名のBランク冒険者に加えて三名の学者と俺。

つまりは、ちょうど二十人。空き部屋はない。

「だが、俺はヒッポリアスの家に住んでいるからな」

俺の部屋は使われていない。

だから、イジェが住むのに全く支障がない。

俺は、そのつもりで建物には余裕があると言ってイジェを誘ったのだ。

「俺の使っていない部屋に住んでもらうつもりだったんだが……」

「そうですね。ですが、どうせなら、ヒッポリアスさんの家に一緒に住むのはどうでしょう?」

ヴィクトルはイジェがクロたちと仲がいいと聞いたのでそう思ったのだろう。

だが、ケリーが、

「私と同じ部屋に住むのもいいと思うがな！」

そんなことを言い始める。

「ケリーの部屋は一人用で狭いだろう」

「私は気にしない」

ケリーが気にしなくてもイジェが気にする。

「……イジェはどう思う？」

「ウーン。ワカンナイ。ナニかチガウノ？」

確かに違いを説明しなければわかるまい。


「実際に見てイジェに決めてもらおうか。それでいいか？　ヴィクトル」

「はい。それでお願いします」

そのとき、ケリーが言う。

「ところでイジェ。一つ聞きたいのだが」

「ナニ？」

「……男と女。イジェはどっちなんだ？」

全員の視線がイジェに集まる。

イジェは二足歩行の犬のような姿。俺たちとはだいぶ外見が異なる。

それゆえ、正直なところ、俺たち、旧大陸の人族には性別がわからない。
だからといって、直接聞くのは失礼な気がして、誰も聞けなかったのだ。
イジェの回答に、息をのんで皆が注目する。
「きゅお」
俺に抱っこされたヒッポリアスも気になるようだ。
じっと、イジェを見ながら尻尾をぶんぶん振っていた。

35 イジェと住む家

イジェはみんなの注目を気にする様子もない。

「イジェ。オンナのコ」

「そうかそうか。可愛いからそうだと思ったんだ」

ケリーはそんなことを言いながら、頭を撫で始める。

「ケリー。イジェの許可を取らずに勝手に撫でるな」

「あ、すまぬ」

「……ダイジョウブ」

「そうかそうかー。イジェは可愛いな！」

ケリーは大喜びで可愛がっている。

女の子と聞いて、心理的にスキンシップを取りやすくなったのかもしれない。

「ところで、イジェ。もう一つ聞いていいか？」

「ナニ？　ケリー。ナンデモキイテ」

「年はいくつなんだ？　いや、イジェたちの成人年齢と今の年齢を教えてくれ」

「エット。イジェはジュッサイ。オトナにナルノは……ジュウゴ」

「なるほど。体の成長が止まるのはいつぐらいなんだ?」

ケリーは成人として扱われる年齢ではなく、身体的な成長について聞きたいのだろう。

「ヒトにヨルケド、ジュウハチトカ……ニジュウトカ……」

「ふむふむ。なるほどなるほど」

つまり俺たち旧大陸の人族と、成長スピードはほとんど変わらないのだろう。

ということは、十歳はまだまだ子供だ。

子供として扱わなければならない。具体的に言うと、労働は免除されるべきだ。


それはそれとして、今はイジェの住処を決めなければなるまい。

だからイジェと一緒に部屋を見て回ることにする。

「さてイジェ、空き部屋を見にいこうか」

「ワカッタ!」

「私もついていこうではないか」

ケリーもついてくるようだ。どうやら本気で自分の部屋に住まわせたいらしい。

俺は気にせず、イジェを連れて空き部屋のある宿舎に向かう。

他の三部屋の住人に断って、空き部屋の中を見せてもらった。

今は物置になっていた。使っていないからいいのだが。

「使うのならすぐに片づけるから安心してくれ」

三人の住人たちも、そう言ってくれる。

イジェを歓迎してくれるようだ。

俺はついでに、イジェに水回りとトイレの使い方も教えておいた。

「スゴイ。テオはホントウにスゴイ」

イジェはトイレと水道に感動したようだった。


「次は私の部屋を見にきてくれ！」

ケリーが強く主張するので、ケリーの部屋にも向かう。

ケリーの住む宿舎には、ヴィクトルと学者たちが住んでいる。

ケリーの部屋には色々な珍しいものが並んでいた。

「フワー。スゴイ」「きゅおー」

イジェもヒッポリアスもケリーの部屋の中にあるものには興味があるようだった。


イジェを案内していたケリーが突然こちらを振り返った。

「そういえば、テオ」

「なんだ？」

「調査研究に使う器具が足りないんだ。今度作ってくれないか？」

「わかった。いつでも言ってくれ」

「助かるよ」


そんなことを話しながら、俺はケリーの部屋を観察する。

「とてもじゃないか、イジェと一緒に暮らすには、ものがありすぎて狭すぎる」

「そうだろうか？」

「そうだろうさ。イジェだって、もう少し広い方がいいだろう？」

「イジエ。ダイジョウブ」

この大丈夫は我慢できるとかそういう類の大丈夫のように思える。

イジェのような子供にはあまり我慢させない方がいい。


「まあ、ヒッポリアスの家の中も見てからにしよう」

「ワカッタ」

イジェはヒッポリアスの家は入り口は見たが、中には入っていないのだ。

ヒッポリアスの家へと向かう途中、俺は改めて言う。

「イジェ。遠慮はしなくていいんだからな」

「エンリョ、シテナイ」

「新しい宿舎を作ってもいいんだ。どうせそのうち建物を追加で作ることになるしな」

「ソウナノ？」

「ああ。冬に備えて色々建物を充実させたいからな」

今では野ざらしになっている木材置き場などもきちんとした倉庫にしたい。

各宿舎とお風呂と食堂を大きく一軒の家として囲みたいというのもある。

そんなことをイジェとケリーに説明する。


俺がイジェにした説明を、ケリーも真剣な表情で聞いていた。

「随分と大変そうだな。そこまでする必要があるのか？」

「気候学者が言うには、この辺りの冬は厳しい可能性が高いらしいからな」

「それは私も聞いたな」

「もし冬が厳しいのなら、風呂を出たあと吹雪の中宿舎に戻るのは辛かろう？」

湯冷めしたら風邪をひいてしまう。

それに、寒い中宿舎を出て風呂場に向かうのも心理的にしんどい。

「……確かに。朝、食堂に行くために雪かきしなければならないというのも辛い」

「ああ、それは辛いだろうな」

「……きゅお～」

ヒッポリアスも一緒になって辛いと言っている。

俺はイジェに尋ねる。

「実際のところ、この辺りの冬の寒さはどうなんだ？」

「サムイよ」

「雪はどのくらい降るんだ？　水が凍る日は？」

「ユキはタクサンフル。ミズがコオルヒッテ？　コオラナイヒはフユジャナイよ」

「……なるほど」

この辺りの冬は、氷点下まで気温が下がるのが基本ということだろう。

「……準備はしっかりしなければならないようだな」

ケリーが真剣な表情でつぶやいた。


そんなことを話しているうちに、ヒッポリアスの家の前に到着した。

中に入ると、クロたちが「わふわふ」と言いながら駆け寄ってくる。

俺はヒッポリアスを床に置いて、クロたちを撫でる。

「よーしよしよし」

「わーぅ」「ぴぃー」「くぉーん」「きゅお～ん」

クロたちと一緒にヒッポリアスも甘えてくるので、みんな撫でまくる。

イジェも一緒にクロたちを撫で始めた。

「ここがヒッポリアスの家だ。ヒッポリアスは体が大きいから家も広い」

「スゴクヒロイ！」

「ヒッポリアスと俺、フィオにピイ、シロにクロ、ロロ、ルルも住んでいるんだ」

俺が説明している間もずっとクロたちはイジェに甘えていた。

クロたちを撫でるイジェも幸せそうに見えた。

だから俺はイジェに提案する。

「イジェ、どうする？　ここに住むか？」

イジェはまだ子供だし、一人暮らしは寂しいかもしれない。

だから、クロたちと一緒に暮らせた方がいい気がしたのだ。

「いじぇ、ここすむ」「わふぅ」「きゅお！」

フィオ、シロ、ヒッポリアスも一緒に住もうと誘っている。

それを聞いてイジェも心を決めたようだ。

「……ソウスル。イイ？」

「もちろんだ」

「わふぅ！」

フィオたちも嬉しそうだ。


だが、ケリーだけはショックを受けていた。

「え？　私の部屋の方がいいんじゃないか？」

「ケリーのヘヤはヤメトク」

「……そうか。じゃあ、私もここに住むか」

「いや、ケリーはダメだ」

ケリーは成人した女性なので、ダメである。

「ダメか。そうか」

ケリーはあっさり引き下がった。


イジェの住む家は決まったが、まだやらなければならないことがある。

「イジェ、疲れただろうが、他の仲間のみんなにも紹介しよう」

「ワカッタ！」

そして俺はヒッポリアスを抱っこして、イジェと一緒に外に出る。

なぜかケリーもついてきた。よほどイジェが気に入ったようだ。


俺は甘えてくるヒッポリアスを撫でながら、拠点の中心へと移動する。

「おい、みんな聞いてくれ！」

俺が呼びかけると、建物の外にいた冒険者たちが作業の手を止めて集まってきた。

「どうした、どうした！」「おや？　その子は？」

「この子はイジェだ。少し変わっているように見えるが、人族だ」

「そうなのか？」「新大陸の人族は俺らとは違うんだな」

二足歩行の犬にしか見えないイジェも、冒険者たちに受け入れられたようだ。

尻尾（しっぽ）と獣耳（けものみみ）を持つフィオを見ていたおかげかもしれない。

「イジェは例の魔熊モドキに一族をやられてな……」


俺はイジェの現状を話して、仲間にしたいと告げた。

「そうか。一族をなぁ」「大変だったな」

「捕まってたのか……、こんなに小さいのに苦労して……」

「魔熊モドキの仲間か。それは恐ろしいな」

「赤ちゃん狼（おおかみ）たちの面倒をみていてくれたのか。偉いな」

みんなはイジェを仲間として受け入れてくれた。

心配はしていなかったが、一安心である。

「イジェ、イウ。ヨロシク」

「おお、よろしくな！　俺は――」

イジェと冒険者たちは互いに自己紹介をしていった。


自己紹介が終わったところで、俺は皆に報告する。

「イジェにもらった農具や調味料などがあるんだ。農具置き場は後で作るとして……」

「調味料だって？　それは素晴らしいな」

「ああ、塩と胡椒にも限りがあるからな！」

冒険者たちは農具よりも調味料に反応した。

「早速食堂に運び込んでおこう。あとでご飯を作るときにでも使えばいいな」

「テオさん、助かるぜ！」

俺は食堂に移動すると、調味料の樽を置いていく。

ついでに鍋などの調理器具も調理場に並べていった。

「おお、すごく出来のいい鍋だ、素晴らしい」

冒険者たちが鍋やフライパンなどを見て感心していた。

「イジェ。この調味料はどうやって保存するのがいいんだ？」

この調味料は廃墟に放置されていたものだ。

あまりデリケートに扱わなくてもよいのは確実だが、尋ねておくべきだろう。


「ヒニアテテナイホガイイ」

「なるほど。直射日光には当てない方がいいんだな」

「ソウ。アトアツクナイホガイイ」

「ふむふむ。冷暗所みたいなところなら、問題ないか」

あとで冷暗所や農具保管庫などを製作したいところだ。

木材や石材などを保管する倉庫もついでに作りたい。


そんなことを考えていると、ついてきていた冒険者が言う。

「調味料って、どんな味の調味料なんだ？」

「ああ、味見したいな」

「ワカッタ。チョットマッテ」

イジェは樽を開く。それだけで不思議な匂いが漂ってきた。

「ふむ。嗅いだことのない匂いだな」

俺がそう言うと、冒険者たちもうんうんと頷いた。

「俺は好きな匂いだな」

「俺も嫌いじゃねーな」

冒険者たちはそんなことを言っている。

その調味料は液体で真っ黒だった。


イジェはそれを一さじだけ掬って小さな皿に入れる。

「ショッパイ、ノンダラダメ。ナメルダケ」

そう言って、イジェはその調味料を俺たちの方に差し出した。

俺たちは順にスプーンに少しだけつけてぺろりと舐(な)めた。

「不思議な味だな。いや、だがうまいと思う」

「ああ。いいんじゃないか？」

冒険者たちはおおむね気に入ったようだ。

「これはどうやって作ったんだ？」

「エット……」

イジェは拙(つたな)い言葉で一生懸命(けんめい)教えてくれる。

どうやら大豆と小麦を混ぜて発酵させたり絞ったりして作るらしい。


「随分と手間がかかっているんだな」

「ウン」

「ちなみにこの調味料はなんていう名前なんだ？」

「セウユ」

「変わった名前だな」

「ウン。モウヒトツアル」

そう言って、イジェは別の樽を開けた。

途端に先ほどとは違う変わった匂いが漂ってくる。

「こっちも不思議な匂いだな」

「ウン」

こっちの方は液体ではなく固体だ。色も黒ではなく茶色だった。

その調味料をイジェは一さじ掬って皿に載せた。

「コレモショッパイ」

俺たちは順番に味見させてもらうことにした。

イジェとダニ

イジェの差し出す皿に載った調味料を少しだけスプーンで掬(すく)って舐(な)める。

「ふむ。うまいな」

「テオさんと同意見だな。俺(おれ)も好きな味だ」

「酒のつまみになりそうだ」

冒険者たちからの評判も上々(じょうじょう)のようだ。

「これはどうやって作るんだ？」

「エット……」

イジェが教えてくれるには、こちらも大豆を使うらしい。

大豆を煮たり潰(つぶ)したりして、色々混ぜて発酵させるようだ。

「こっちも大豆なのか」

「ソウ。ダイズ、イイヤサイ」

イジェたち一族は大豆をよく使うようだ。

そういえば、イジェにもらった種子には大豆の種子もあった。

「ちなみにこの調味料の名前は？」

「ミィスオ」

「セウユもミィスオもおいしいから、助かるよ」

俺が感謝を述べると、他の冒険者たちも次々にお礼の言葉を言う。

「エヘヘ」

みんなに感謝されて、イジェはとても嬉しそうだった。

「イジェ、ゴハンをツクル」

イジェはこのままご飯を作ってくれるつもりらしい。

だが、そんなイジェの手を、ずっと大人しくしていたケリーが取った。

ちなみにケリーはセウユやミィスオも舐めていたがずっと無言だったのだ。

腕を摑まれたイジェは首をかしげる。


「ケリー?」

「イジェ。とりあえず風呂に行こう」

「フロ?」

「うむ。だいぶ汚れているからな。ダニがいないかチェックする必要もある」

調理をするならば身綺麗にすべきだ。そうケリーは考えたのだ。

先日食中毒患者も出てしまったことだし、ケリーの指摘は非常に正しい。

それに先日魔熊モドキから保護されたクロたちにはダニやノミが沢山ついていた。

そしてイジェも魔熊モドキから逃げてきたばかり。

ダニなどがついていてもおかしくはない。


「ワカッタ。イジェ、フロハイル」

「フィオとシロ、それにクロたちも連れて風呂に行くぞ」

ケリーは、クロたちがイジェからダニをうつされている可能性を考えたのだろう。

「テオ。フロイッテキテイイ？」

「もちろんだ。行っておいで」

ケリーとイジェはヒッポリアスの家にクロたちを迎えに向かう。

俺とヒッポリアスも一緒に戻る。


ケリーは扉を開けるや否や大きな声で言う。

「フィオ、シロ、それにクロ、ロロ、ルル！　風呂に行くぞ！」

「わかた！」「わふぅ！」

フィオとシロはクロたちを抱きかかえると駆け出した。

フィオもシロも、そしてクロたちもお風呂が大好きなのだ
そしてヒッポリアスの家には俺とヒッポリアスとピイが残った。

「さてさて、俺は今のうちに掃除でもするか」

「きゅお！」『……ぴぃ」

ヒッポリアスの家は広いので掃除は大変だ。

小さいヒッポリアスを床に置き、ピイを服の中に入れたまま拭き掃除を始める。

すると、ぴょんとピイが服の中から飛び出した。

「どうした？　ピイ」

『だにがいた』

「ダニか。よく見えたな」

『ぴぃ、めがいい』

「すごいな。もしかしてイジェのダニとかも見えたか？」

『ねてなかったらみえた……とおもう』

今日のピイはよく眠っていた。疲れていたのだろう。

そのせいで、イジェとはほとんど触（ふ）れあっていない。

「そうか。今度気が向いたら、クロたちの毛づくろいとかしてやってくれ」

『うん。さっきもした』

服の内側に一緒に入れていたとき、クロたちの毛づくろいもやってくれていたらしい。

「それは助かる。ありがとうな」

「ぴ～」

ピイに手伝ってもらいながら掃除を進める。

途中からはヒッポリアスも手伝ってくれるようになった。

小さい体のまま、雑巾がけをしてくれるのだ。

時折ピイは素早く動く。

『のみ！』

「本当にピイは目がいいな。すごく助かるよ」

「ぴぃ～」

俺がピイを褒めていると、ヒッポリアスが素早く動き始めた。

そしてバシッと尻尾を床にたたきつける。

「きゅお～ぅ」

ヒッポリアスはこちらを見て、どや顔をしている。

「もしかして、ダニを潰したのか？」

『つぶした。きゅお！』

「ヒッポリアスもすごいな」

「きゅっきゅお！」

本当に尻尾でダニを潰したのかはわからない。

そもそも、尻尾でダニを潰せるのだろうか。

だが、ヒッポリアスが嬉しそうなので何でもいい。

そんな感じで手分けして掃除を進めていった。

フィオたちが戻ってくるまで掃除をしようと思っていたのだが、中々帰ってこない。

おかげで、結構念入りに掃除することができた。


「ヒッポリアスもピイもありがとうな。綺麗になったよ」

「きゅお～」『ぴぃ～』

俺はヒッポリアスとピイを撫でる。

「それにしてもフィオたち遅いな。長風呂しているのかもな」

「きゅお？」

「そうだな、俺たちは夜ご飯の準備でもしにいくか」

『ごはん！』『ぴぃ～』

俺はヒッポリアスとピイを抱えると、食堂へと向かうことにした。

38 イジェの料理

食堂に移動すると決まると、すぐにピイは俺の右肩の上に登る。

ピイは寝ているときは服の中、起きている間は肩の上に登るのが好きらしい。

そしてヒッポリアスは前足を俺の左肩にかけてしがみつく。

そうしながら、耳元できゅおきゅおきゅお言うのだ。


そんなヒッポリアスとピイを撫でながら食堂へと歩いていく。

「そういえば、集めたキノコや山菜、魔法の鞄に入れたままだな」

『きのこたべたい』

「ヒッポリアスはキノコが好きなのか？」

『すき！』


そんなことを話しながら食堂兼調理場の建物に入ると、調理の真っ最中だった。

しかも、調理場ではイジェが中心になって、冒険者たちに指示を出している。

そして、イジェは風呂に入る前とは違う服に変わっていた。

見慣れない服だが、縫製などは、しっかりしているように見える。

着替えているので、風呂に入らずに調理場に来たわけではないことがわかった。


「コレ、カワムク」

「わかった。まかせろ」

「コレはミズにシバラクツケル」

「わかった！」

「ソッチはナベのヒをヨワメル」

「こうだな」

「ソウ」

使っている食材はいつもの肉に魚。

それに先日採集し、今朝食べてまずいと評判になった山菜たちだ。

俺がその様子を見て驚いていると、

「てお！」

手伝いをしていたフィオが駆け寄ってきたので頭を撫でた。

「お風呂から出たあと、ヒッポリアスの家に戻らずに夜ご飯を作っていたのか？」

「そ！　ふぃおもてつだう」

「そうか、手伝いできて偉いな」

クロたちは調理場ではなく、食堂の方にいた。

クロたちの世話はシロとケリーがやってくれているようだ。

俺は忙しく働いているイジェに声をかけた。

「イジェ。キノコ類を俺が持っているが、必要か？」

キノコは保管する場所がないので、調理する直前に出した方がいい。

そう考えて、状態保存の効果のある魔法の鞄に入れたままにしておいたのだ。

「キョウはダイジョウブ」

充分食材は足りているようだ。

「手伝えることはあるか？」

「ダイジョブ」

「ああ、テオさんは休んでいてくれ。人手は足りてるからな」

冒険者たちもそう言ってくれる。

だから俺は食堂のケリーとシロたちのところに向かった。


クロたちが甘えてくるので優しく撫でながら、ケリーに尋ねる。

「ケリー。イジェの服は、ケリーが用意してくれたのか？」

「あれは元々イジェのものだ」

「そうだったのか」

「ああ。村から持ってきたらしい」

イジェは大きめの荷物を村から持ち出していた。

その中に入っていたのだろう。

「ということは、あれはイジェの一族が作った服ということか」

「そうだな。布や糸づくりから、すべてイジェの一族のお手製らしい」

「それはすごいな」

どうやら、イジェたち一族の技術力は相当に高いようだ。


ケリーは、調理場で忙しそうに動くイジェを優しい目で見た。

「驚かされたよ。正直、布の品質も縫製の技術も相当なものだ」

イジェの服に使われている布の品質は旧大陸でもそう見かけない。

具体的に言えば、旧大陸では貴族向けの衣服に使われているレベルのものだ。

「調味料もイジェの一族が自分の手で作ったものだからな。それを考えると……」

調味料に関しては、俺たちの知らないものばかりだった。

大豆をふんだんに使った調味料製作の技術があるようだ。

「ああ。テオの言う通りだ。イジェたちの技術力全般はかなり高い」

「イジェには農具ももらったんだが、それもかなりの技術だった」

イジェたちの村で使われていた農具の品質も尋常ではない。

旧大陸にはイジェたちの農具ほど高い技術水準のものは存在しないぐらいだ。

農具ではなく、貴族向けの武具や装飾品に使われるほどの技術だ。


「本当にすごい。しかもイジェたちには文字がないらしい」

「口伝だけでこれだけの技術を継承してきたのか？」

「そうなるな」

「……もしかしたら、我らとは頭の出来と手先の器用さなどが違うのかも」

そうケリーは真剣な表情でつぶやいた。

「何らかのスキルを持っている可能性もあるが……」

「ふむ。テオの言う通りだ。可能性は高い」

俺とケリーがイジェの技術力の高さに驚いている間に、調理はあらかた終わったようだ。


食事を運ぶのを手伝いに、調理場に向かうと、

「コレ、ビョウニンヨウ」

イジェはヴィクトルたちのための食事も用意してくれていたようだ。

病人食は薄味で、消化にいいように、じっくりと煮られたスープだった。

いつもの病人食よりも、とてもおいしそうな匂(にお)いが漂ってくる。

調味料のおかげかもしれない。

ヴィクトルたち病人の元には俺が運んでいくことにした。

調理を手伝わなかったので、そのぐらいはするべきだ。


「ヴィクトルたちも喜ぶだろうな。すぐに運ぼう」

「ウン。ハコブ」

俺はイジェと一緒に病舎へと向かう。

イジェは休んでいていいと言ったのだが、どうしてもと言われてしまった。

どうやら、イジェは自分の料理がヴィクトルたちの口に合うか確かめたいようだ。

俺はイジェと一緒に病舎に入って、病人たちへと配膳(はいぜん)していく。

ヴィクトルが出された食事を見て言う。

「おや？　いつもと雰囲気が違いますね」

「さすが、ヴィクトル。よく気がついたな」

「ええ。どこか上品な感じがします」

そんなことを言いながら、食べ始める。

「どうだ？」

「……これはおいしい」

ヴィクトルは驚いている。

病気の冒険者たちも口に入れて、目を見開いた。

「……うまい」

「ああ。こんなにうまい飯を食ったのは久しぶりだ」

「この新大陸で、こんなにうまい飯を食べられるとは思わなかった」

冒険者の中には涙を流して感動している者すらいた。

「今日の夕ご飯はイジェが中心になって作ってくれたんだ」

「それはありがとうございます」

「クチにアッタならヨカッタ」

イジェもほっとした様子だ。

イジェの作った病人食は、山菜と一緒に肉を軟らかく煮たものが入ったスープだ。

しかも山菜は昨日俺が採ってきて、まずいと評判だったものである。

「これはセウユか?」

俺が尋ねると、イジェは首を振る。

「ウウン。ミィスオのスープ」

「なるほど。うまそうだ」

ヴィクトルたちはイジェの作ったご飯を食べて、とてもおいしいと喜んでいた。

うまいものを食べたので、ヴィクトルたちの回復も早まるに違いない。


その後、俺とイジェは食堂に戻る。

先に食べといていいと言っていたのに、みんな待ってくれていた。

俺を待っていたのではなく、イジェを待っていたのだ。

調理責任者として、イジェは敬意を集めているらしい。

イジェが食卓に着いたので、みんな夜ご飯を食べ始める。

肉を炒めたり、山菜を煮たり炒めたりしたものだ。

ヴィクトルたちが飲んでいたミィスオのスープもあった。


俺はまずミィスオのスープから口をつける。

「……食べたことのない味だが、うまいな」

「ホント?」

「ああ。本当にうまい」

「テオさんの言う通りだ。すごくうまいぞ!」

「すげー。なんか不思議な味がするな」


山菜料理も食べてみる。

その山菜は、今朝食べたものすごくまずかった山菜だ。

だから、まったく期待していなかった。

「……あれだけまずかった山菜が、おいしくなっている」

「チャント、ショリスレバオイシイ」

「……そうなのか」

イジェの調理を手伝っていた冒険者たちがつぶやく。

「一緒に手伝っていたが、特別なことはしていなかったと思うんだがな」

「アクをトッタリスルダケ。アトマズイブブンをトッタリ」

「ほほう」

何やらコツがあるようだ。

イジェはこの辺り(あた)の山菜の調理にも造詣(ぞうけい)が深いらしい。


「いや、久しぶりにまともな飯を食べられたよ」

「ああ、そうだな」

「こんなにうまい飯を食ったのは生まれて初めてかもしれん」

一人の若い冒険者がしみじみと言う。

「大げさだな」

「いや、俺は元々貧民街(ひんみんがい)の孤児(こじ)だからな」

貧民街の孤児から成りあがるには冒険者になるしかない。

そして冒険中はうまい料理など食べる暇(ひま)はない。

メインの食事は干し肉や、近くで捕まえた鳥獣や、山菜などだ。

しかもまともな調理などしない。

焼いて食べるだけ。振る塩があれば幸運だ。

「……そうか。いっぱい食べろ」

ベテランの冒険者が、優しい目でその若い冒険者を見つめていた。


俺はもう一度山菜を調理したものを口に入れた。

「いや、本当にうまくなっている。ありがとうな」

「イジェ、俺たちにも調理の仕方を教えてくれ」

「ワカッタ！」

冒険者たちもイジェの食事を気に入ったようだ。

「同じ肉のはずなのに、いつもよりうまい」

「イジェはすごいな」

「エヘヘ」

調味料の違いか、火加減の違いなのか。それとも、下ごしらえの違いなのか。

恐らくそのすべてが違うのだろう。

「イジェ。リョウリトクイ！　マカセテホシイ」

「おお、願ったり叶ったりだ！　頼むぜ」

「テオさんのおかげでだいぶ生活水準が上がってきたが、食事は手つかずだったからな」

「ああ。テオさんの設備に加えて、イジェの料理で日々の生活が楽しくなるよ！」

冒険者たちからも歓迎され、イジェは照れ臭そうに尻尾を振ったのだった。

書き下ろし短編

「子守をするヒッポリアス」

Hennaryu to moto yuusha party zatsuyougakari shintairiku de nonbiri slowlife

とある日の午後。

ヒッポリアスは久しぶりに自宅でゆっくりしていた。

テオドールや子魔狼(こまろう)たちも一緒だ。

ちなみにフィオとシロはケリーの部屋に出かけている。


しばらく巨体のヒッポリアスがゴロゴロしていると、テオドールが冒険者に呼ばれてどこかに行くことになった。


「きゅお」

ヒッポリアスもついていこうとしたが、

「ヒッポリアス。子魔狼たちのことを見ていてくれ」

子魔狼たちは遊び疲れたのか、うとうとしていた。

『わかった！』

テオドールはヒッポリアスの頭を撫(な)でてから家を出ていった。

テオドールに任されたのでヒッポリアスは子守をしっかりすることにした。

ヒッポリアスは責任感の強い海カバなのだ。


だから、ヒッポリアスは三頭の子魔狼たちを順番にペロペロと舐める。

もっと、獣っぽいいい匂いをさせてあげた方がいいとヒッポリアスは思った。

ケリーが風呂に入れているため、狼らしい獣の匂いはあまりしない。

とりあえず眠っている子魔狼たちの匂いを嗅いだ。

「きゅおきゅお」


ヒッポリアスは巨大。

だから舌も当然巨大なのだ。

軽く舐めるだけで、べとべとになる。

「きゅぅ」「…………ふぃん」「ぴぃ」

ヒッポリアスに舐められて、子魔狼たちは少し目を開ける。

そしてヒッポリアスを見て、甘えた声を出す。

クロもロロもルルも、もぞもぞ動いてヒッポリアスの左前足に体をくっつける。

そしてまた眠り始めた。

立派なヒッポリアスにくっつくと、子魔狼たちも安心するのだ。

とはいえ、ヒッポリアスは巨大で子魔狼は小さい。

少し寝返りを打ったら潰してしまいかねない。

「きゅぅ」

ヒッポリアスは少し緊張しながら、そぉっと動いて子魔狼たちから距離を取る。

そして改めて子魔狼たちの匂いを嗅いだ。

さきほど舐めたおかげで、ヒッポリアスの匂いがした。

テオドールの匂いほどではないが、我ながらとてもかっこいい匂いだとヒッポリアスは思う。

ヒッポリアスは満足して「ふふん」と鼻から息を吐いた。

しばらく見守っていると、

「……あぅ」

眠っているクロが、夢を見ているのか鳴いてもぞもぞと動く。

「きゅぉ？」

クロの匂いをふんふんと嗅いだ。

だが、クロのもぞもぞは止まらない。

「……きゃぅ……きゅーん」

クロは悲しい声で鳴き始めた。悪夢を見ているのかもしれない。

「きゅお、きゅお……きゅお」

ヒッポリアスは困った。

悪夢を見ているっぽいクロを起こしてあげるべきなのか。

頼りになるテオドールは今はいない。


ヒッポリアスが困っていると、ルルとロロも、

「きゃぅ……ゃぅ」「きゃん……きゃ」

クロの鳴き声を聞いて悪夢を見始めたのか、悲しそうに鳴き始める。

「……きゅおん」

ヒッポリアスは困った。

どうしていいかわからない。

だが、ヒッポリアスはテオドールに子魔狼たちのことを任されたのだ。

そうじゃなくても、子魔狼たちは小さくて弱い。

ヒッポリアスとしては守ってやらないといけないのだ。

「……きゅお」

ヒッポリアスは、悲しそうに鳴く三頭を、おろおろしながら優しく鼻先で一か所にまとめた。

そして少し考えると、小さくなった。

大型犬ぐらい。

子魔狼たちの姉であるシロと大差ない大きさだ。

「きゅお」

小さくなったヒッポリアスは三頭を順番にベロベロ舐めた。

そしてその短い前足で三頭のことを順番に撫でる。

すると、徐々に子魔狼たちは落ち着いてきた。

「きゅお」

ほっとしたヒッポリアスは右前足をクロの頭に乗せて、右後足をロロに乗せた。

そして顎をルルに乗せる。

「……きゃ……あ……ん………」

「………きゃう…………」

「……くぅん……」

子魔狼たちは少し鳴いた後、すやすやと眠り始めた。


「きゅおん」

ほっとしたヒッポリアスはそのまま三頭に寄り添う。

匂いを嗅いだり体を撫でたりした。

そんなことをしている間に、ヒッポリアスも眠ってしまった。

ヒッポリアスが目を覚ますと、

「わふわふ」

「……わふ」

ルルとロロにベロベロ舐められていた。

そしてクロはヒッポリアスの尻尾（しっぽ）をあむあむと甘噛（あまが）みしている。

「きゅおーー」

ヒッポリアスも元気に子魔狼たちと遊び始める。

まだまだヒッポリアスも子供なのだ。

しばらく遊んでいると、テオドールが戻ってくる。

「お、ヒッポリアス、小さくなったんだな」

「きゅーおーーー」

ヒッポリアスは一目散に駆け寄っていく。

テオドールはしゃがんで、ヒッポリアスを優しく撫でる。

「子魔狼たちのお世話ありがとうな」

「きゅぅ〜〜」

嬉（うれ）しくなってヒッポリアスは尻尾をビュンビュンと振った。

『あのねあのね』

「どうした？　ヒッポリアス」

ヒッポリアスが語り始める前に子魔狼たちもとてとてと走ってくる。

『あそぼ』

ルルはいつも通り控えめだ。

だがしっかりと意思を主張している。

しっぽも元気に揺れていた。

「……ぁぅ」

大人しいロロは言葉を使わず小さく鳴いた。

だが、尻尾を振りながらしっかりとテオドールの腕に両前足を乗せる。

『ごはんごはんごはん！　あそぼ！　ごはん！』

男の子のクロはいつも元気だ。

お腹が空いているらしいが、遊びたくもあるらしい。

「夜ご飯までまだ時間があるから……おやつを食べるか」

『おやつ！』

「……わふ！」

『おやつおやつおやつ！』

テオドールはヒッポリアスの前に焼いたお肉を載せた皿を出す。

そしてすぐにはしゃぐ子魔狼たちの前にも同様の皿を出した。

「食べていいよ」

「きょおむきゅおむきょおむ」

ヒッポリアスはあむあむと味わうようにお肉を食べる。

そして子魔狼たちはがふがふと勢いよく食べ始める。

食べながら、

『おにく！　おいしい！』

「…………ぁぅ」

『おいしいおいしいおいしいおいしい』

三頭ともそれぞれいろいろなことを言う。

ルルは素直に喜んでいるし、ロロは静かに喜んでいた。

そして、クロは食事中もとにかく元気だ。


おやつを食べ終わると、三頭の子魔狼たちは眠そうにし始める。

赤ちゃんなので、眠る時間が長いのだ。

「ぴぃー」

「……」

「ヒーンヒーン」

子魔狼たちは座るテオドールの足の上によじ登り、甘えた声を出す。

テオドールは三頭を撫でまくる。

「三頭ともいい子だな。沢山眠るんだよ」

テオドールに撫でられた子魔狼たちはあっという間に眠りに落ちた。

その三頭をテオドールはそっと毛布の上に置く。

そしてテオドールは近くで大人しくしていたヒッポリアスの頭を撫でた。

ヒッポリアスは子魔狼がテオドールに甘えられるように少し離れたところにいたのだ。

「さてヒッポリアス」

「きゅぉ？」

テオドールはヒッポリアスを抱き上げる。

嬉しくなったヒッポリアスは、尻尾を振りながらテオドールの胸に頭をこしこしとこすりつけた。

「ヒッポリアス、子守ありがとう」

「きゅ～る」

「さっき、何か話したいことがあったみたいだったけど」

『そうだった！』

「何かあったの？」

『えっとね。ねてたときロロルルクロがないてた』

「ふむ。うなされていたってこと？」

『そう』

「そっか」

『かわいそう』

「そうだよなー。子魔狼たちは魔熊にいじめられていたからな。うなされることもあるだろうな」

『どしたらいい？』

「ヒッポリアスはどうしたんだ？」

『えっとー……。なめて、なでて、よこでねた』

「そうか。偉いよ。多分俺にもそのぐらいしかできることはない」

そう言ってテオドールはヒッポリアスを優しく撫でる。

「きゅう」

「普段から優しく撫でてお腹いっぱいご飯を食べさせて安心させてあげるしかないのかもしれない」

『そっかー』

話している間もテオドールはヒッポリアスを優しく撫で続けた。

ヒッポリアスもだんだん眠くなってくる。

「眠っていいよ」

「……きゅぉ～」

ヒッポリアスも、子供らしくすやすやと眠り始めたのだった。

あとがき

いつも読者の皆様には大変お世話になっております。

作者のえぞぎんぎつねです。

おかげさまで「変な竜と元勇者パーティー雑用係、新大陸でのんびりスローライフ」二巻を無事出版することができました。

すべては読者の皆様のおかげです。ありがとうございます。


二巻もテオドールたちはヒッポリアスやモフモフたちと楽しくのんびり開拓作業に従事します。

そして、ヒッポリアスには大きな変化が！

面白(おもしろ)いと思いますので、どうぞよろしくお願いいたします。


さてさて、この作品の発売日と同日に「神殺しの魔王、最弱種族に転生し史上最強になる」の二巻も発売となっています。

そちらの方はノベルではなく一回り小さな文庫となります。

そちらもどうかよろしくお願いいたします。

最後になりましたが謝辞(しゃじ)を。

イラストレーターの三登(みと)いつき先生。一巻に引き続き素晴(すば)らしいイラストをありがとうございます。カバみたいな竜ヒッポリアス、魔狼(まろう)の子供であるシロたちも、スライムのピイもとても可愛(かわい)らしいです。

本当にありがとうございます。

担当編集さまをはじめ編集部の皆様、営業部等の皆様、ありがとうございます。

本を販売してくれている書店の皆様もありがとうございます。

小説仲間の皆様、同期の方々。ありがとうございます。

そして、なにより読者の皆様。ありがとうございます。

令和三年三月　えぞぎんぎつね

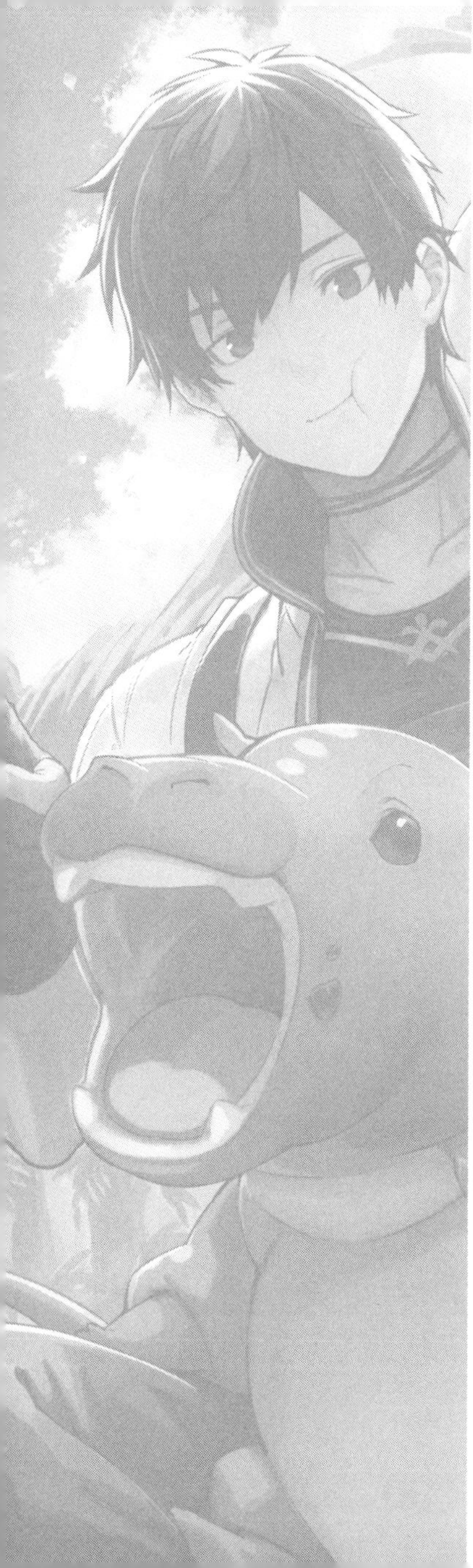

変な竜と元勇者パーティー雑用係、新大陸でのんびりスローライフ２

2021年4月30日　初版第一刷発行

著者　えぞぎんぎつね

発行人　小川 淳

発行所　SBクリエイティブ株式会社
〒106-0032　東京都港区六本木2-4-5
03-5549-1201　03-5549-1167（編集）

装丁　AFTERGLOW

印刷・製本　中央精版印刷株式会社

ISBN978-4-8156-0945-0
Printed in Japan

ファンレター、作品のご感想をお待ちしております。

〒106-0032　東京都港区六本木 2-4-5
SBクリエイティブ株式会社
GA文庫編集部 気付

「えぞぎんぎつね先生」係
「三登いつき先生」係

本書に関するご意見・ご感想は
下のQRコードよりお寄せください。
※アクセスの際に発生する通信費等はご負担ください。